나 아닌 것들의 배경이 되는 것

안 근 현

연어

연어

안도현 지음
휘리 그림

문학동네

그래도, 아직은, 사랑이,
낡은 외투처럼 너덜너덜해져서
이제는 갖다 버려야 할,
그러나, 버리지 못하고,
한번 더 가져보고 싶은,
희망이, 이 세상 곳곳에 있어,
그리하여, 그게 살아갈 이유라고
믿는 이에게 바친다.

연어, 라는 말 속에는 강물 냄새가 난다.

나는 이렇게 시작하는 짧은 글 한 편을 낚시전문잡지
에 기고한 적이 있다. 남대천을 비롯한 우리나라 하천의
연어 회귀율이 매우 낮으니, 낚시꾼들이 앞장서서 연어
보호운동이라도 펼쳐보자는 글이다. 그 잡지가 서점에
깔리기 시작하면서 나는 예기치 않게 독자들의 항의 전
화를 몇 통 받아야 했다.

처음 내게 전화를 한 사람은 환경운동가라고 자신을
먼저 밝혔다. 그는 자연 생태계를 파괴하는 인간들의 이

기심이 무엇보다 문제라고 했다. 나는 고개를 끄덕였다. 그의 목소리는 다분히 격정적이었으나, 그가 보기 드물게 진지한 사람이어서 나는 겸허하게 경청했다. 그런데 그는 갑자기 '연어 낚시를 즐기기 위하여'라는 내 글의 제목을 트집잡는 것이었다. 심지어 그는 나를 인간쓰레기 같은 놈, 이라고 단정하면서 일방적으로 전화를 뚝 끊어버렸다. 기가 막히는 노릇이었다. 아마 그는 화장실에 쭈그리고 앉아 내 글이 실린 잡지의 목차만 훑어보지 않았나 싶다. 글 전체를 읽지 않고 어떻게 제목만 보고 결론을 내릴 수 있는 것인지 나는 이해할 수 없었다. 도대체 사람들이란 성급하기 짝이 없는 존재들이라는 생각이 들었다.

어떤 사람은 위에 쓴 첫 문장에 문제가 있다고 전화를 걸어왔다. 그는 연어한테서 강물 냄새가 난다는 표현은 엉터리라고 했다. 연어가 강에서 보내는 시간은 바다에서 보내는 시간의 십분의 일 정도밖에 안 되므로 생태학적 사실과 다른 표현이라는 것이다. 당연히 연어, 라는 말 속에는 바다 냄새가 난다, 라고 써야 옳다는 것이다.

그의 말은 꽤 그럴듯했지만 내가 보기에 그는 상상력이 부족한 사람이었다. 대개 그런 사람들은 중요한 것은 끝에 있다는 사실을 모른다. 무슨 일이든지 끝까지 생각해 보려고 하지 않는 것이다.

연어, 라는 말 속에는 강물 냄새가 난다.

그래서 나는 이렇게 시작하는 글을 다시 한번 쓰고 싶었다. 독자들의 쓸데없는 오해를 피하기 위해 제목도 미리 단순하게 '연어'라고 붙여두었다.

나는 연어를 완전하게 이해하고 싶어 백과사전과 어류도감을 먼저 뒤지기 시작했다. 연어는 매년 단풍이 곱게 물드는 9월에서 11월 사이 강을 거슬러오르는 모천회귀성 어류의 하나라는 것, 자갈이 깔리고 물살이 약간 있는 여울에 직경 1미터, 깊이 50센티미터 안팎의 산란터를 만들어 앵둣빛 알을 낳는다는 것, 그 알의 숫자가 대략 2천 개에서 3천 개쯤 된다는 것, 자갈 틈에서 수정된 연어가 부화하기까지는 3~4개월 가까운 시간이 걸

9

린다는 것, 그때 물의 온도는 섭씨 7, 8도 정도가 적당하다는 것……

나는 연어에 대해 많은 것을 알아냈지만, 단 한 줄의 글도 쓸 수가 없었다. 상상력을 불러일으키지 않는 지식이란 참으로 허망한 것이다. 그러다가 나는 우연하게 한 장의 사진을 보게 되었다. 그것은 거대한 여객기가 물속에 잠겨 있는, 좀 슬픈 사진이다.

사진 속에는 구름을 헤치며 하늘을 날아야 할 여객기가 눈부신 은빛 동체를 물속에 담근 채 숨을 죽이고 있었다. 갑작스런 사고 때문에 여객기는 바다에 불시착했을 것이고, 그후 물속으로 가라앉은 게 틀림없었다. 물속의 여객기는 그 슬프고도 장엄한 육체로 나에게 무슨 말을 건네오는 것 같았다. 나는 뭔가 대답을 해주어야 할 것 같아서 좀더 자세하게 사진을 들여다보지 않을 수 없었다. 아아, 그런데 그것은 추락한 비행기가 아니라 강물을 힘차게 거슬러오르는 연어의 무리였다. 연어떼. 수백 마리의 연어가 하나의 편대를 이루어, 알을 낳기 위해 상류로, 상류로 진군하고 있었던 것이다.

나는 카메라로 그 사진을 찍은 사람이 이 세상에서 제일 부러웠다. 그는 살아 퍼덕거리는 연어를 직접 눈으로 보았을 것이다. 아마 그는 잠수복을 입고 물속으로 들어가 연어를 옆에서 촬영해보고 싶었는지도 모른다. 나라도 그랬을 것이다.

물속에 사는 연어는 땅 위에 사는 인간들을 두려워한다. 인간은 물고기를 옆에서 보려고 하지 않고 위에서 내려다보니까! 연어를 위에서 내려다본다는 것, 그것은 연어에게 불행한 일이다. 연어를 위에서 내려다보는 사람들의 눈은 틀림없이 물수리나 불곰의 눈을 닮아 있을 것이다. 그들은 연어에 관심을 가지기보다 연어 알을 떠올리며 입맛을 쩝쩝 다실 것이 뻔하다.

그러니까 연어를 완전히 이해하고 사랑하는 방법은, 연어를 옆에서 볼 줄 아는 눈을 갖는 것이다. 거기에다가 약간의 상상력이 필요하다. 알기 쉽게 말한다면, 마음의 눈을 갖는 것이다. 보이지 않는 것을 보고 싶어하는 눈, 그리하여 보이지 않는 것을 볼 줄 아는 눈. 상상력은 우리를 이 세상 끝까지 가보게 만드는 힘인 것이

다. 사랑하는 사람과의 첫 입맞춤이 뜨겁고 달콤한 것

은, 그 이전의, 두 사람의 입술과 입술이 맞닿기 직전까

지의 상상력 때문인 것처럼.

아침햇살을 받은 바다가 오렌지빛으로 끝없이 펼쳐져 있다.

바다 위 100미터 상공에는 물수리 한 마리가 커다란 원을 그리고 있다. 그는 아침이 되자 배가 출출해서 물고기 사냥을 나온 참이다. 삼십 분 가까이 바다 표면을 샅샅이 뒤졌으나 오늘따라 그 흔한 정어리 한 마리 보이지 않는다. 물수리는 쇠갈퀴처럼 생긴 발톱으로 허공을 몇 차례 할퀴는 시늉을 해본다. 그럴수록 뱃속은 자꾸 허전해지고 날개 끝에 차가운 바람만 휑하니 감기고 만다. 물수리는 은근히 부아가 치밀어오른다.

이맘때쯤이면 베링해의 서늘한 한류를 타고 연어떼가 이동한다는 것을 물수리는 잘 알고 있다. 연어는 다른 어느 고기보다도 살이 많고 담백해서 그가 좋아하는 물고기 중의 하나다. 연어의 연한 살을 생각하니 더욱 배가 고파진다.

그때 그의 눈에 이상한 물체 하나가 들어온다. 상어보다도 더 큰 그 물체는 빠르게 남쪽으로 이동하고 있다. 그 물체의 중앙에는 밝은 광채가 나는 점이 한 개 붙어 있다. 마치 잠수함이 눈에 불을 켜고 바닷속을 달리는 것처럼 보인다.

물수리는 10미터 상공으로 낮게 내려간다. 이상한 물체를 좀더 자세히 탐색할 필요가 있는 것이다. 언젠가 바다 위로 막 떠오르기 시작하는 집채만한 잠수함을 마주쳤었다. 그 잠수함이 연어떼인 줄 알고 부리를 내리꽂았다가 낭패를 당한 일도 있었기에 그는 자못 신중하게 바다를 내려다보고 있다. 날개를 많이 움직여야 하는 저공비행은 귀찮지만, 아직 아침 식사도 하지 못한 그가 아닌가.

짐작한 대로, 그가 발견한 이상한 물체는 연어떼였다. 적어도 300마리는 넘어 보였다.

물수리는 연어떼가 눈치채지 않게 약간 뒤쪽에서 거리를 두고 쫓아가야겠다고 생각한다. 그는 물속을 노려본다. 연어떼는 시속 40킬로미터쯤 되는 속도로 질서정연하게 이동을 계속하고 있다. 연어떼의 한복판에는 밝은 광채를 내는 점 하나가 아직 그대로 붙어 있다.

물수리는 눈을 크게 뜨고 그 밝은 점을 내려다본다. 그것은 점이 아니었다. 그가 처음 보는 이상한 연어였다. 무리에 둘러싸인 그 연어는 다른 연어들과는 달리 등 쪽이 온통 은빛으로 번쩍거린다.

대부분의 바닷고기는 배 쪽은 흰색이지만 등 쪽은 검푸르다. 바다 위로 노출되는 등짝 부분을 바닷물 색깔로 위장해야 하기 때문이다. 그러면 물고기를 멀리서 내려다보는 한심한 새들은 곧잘 속아넘어가는 것이다.

하지만 그 위장술도 저공비행하는 물수리의 매서운 눈을 속일 수는 없다. 물수리의 눈빛은 계속 그 유별난 빛깔의 연어에게 쏠려 있다. 입안에 조금씩 군침이 감도는 것을 숨길 수 없다.

물수리는 수면 2미터까지 바짝 내려간다. 맛있는 아침식사는 이제 시간문제다. 물수리는 양쪽 발끝에 잔뜩 힘을 준다. 그러고는 날쌔게 수면을 낚아챈다. 그의 발톱은 유별난 빛깔을 가진 연어의 살 속에 박힐 것이었다.

"물수리다! 흩어져라!"

갑작스런 물수리의 공격을 받은 연어떼는 사방으로 물을 튀기며 흩어진다.

물수리는 공중으로 날아오르며 양쪽 발톱 사이에서 퍼덕거리는 묵직한 생명의 무게를 느낀다. 그는 흡족한 마음으로 자신의 사냥감을 내려다본다. 그의 양발 사이에는 연어 한 마리가 꺼져가는 생명의 기운을 되살리기 위해 처절하게 몸부림치고 있다. 그러나 그것은 그가 목표로 삼았던 찬란한 은빛의 연어가 아니라, 완전한 실패의 무게였다.

그리하여 은빛연어는 사나운 물수리의 밥이 되는 최초의 위험에서 벗어날 수 있었다.

그런데 어찌된 일일까. 용케 살아남았다는 기쁨보다는, 살아남았다는 슬픔이 오히려 그를 괴롭혔다. 왜냐하면 물수리에게 잡아먹히고 만 그 연어는 강을 떠날 때부터 늘 함께 헤엄치던, 두세 마리의 새우를 입에 물고 와 은빛연어에게 말없이 건네주던, 잠자리처럼 생긴 맛있는 날벌레를 잡아주기도 하던, 부드러운 꼬리지느러미로 슬슬 배를 쓰다듬어주던, 그의 둘도 없는 누나였던 것이다.

"누나……"

은빛연어는 혼잣말로 누나를 불러본다. 뾰족하고 날카로운 바위에 긁힌 듯이 가슴이 쓰려온다. 그때 촉촉하게 물기를 머금은 누나연어의 목소리가 어렴풋이 들려온다.

'은빛연어야……'

강에서 바다로 나온 지 일 년쯤 되었을 때다.

"네 몸이 은빛 비늘로 덮여 있다는 것을 아니?"

"내 몸이 은빛이라고?"

은빛연어가 깜짝 놀란다.

"네 등은 다른 연어들처럼 검푸른 바닷물을 닮지 않았어."

은빛연어는 그의 온몸이 은빛 비늘로 덮여 있다는 사실을 모르고 있었다. 다른 연어들처럼 그저 등이 검푸르고 배는 희겠지, 하고 생각했을 뿐이다.

"우리는 불행하게도 자기 자신이 어떻게 생겼는지 모른단다."

"왜?"

"물고기의 두 눈은 머리 양옆을 향해 있거든."

누나는, 연어들이 자신의 모습을 다른 연어들의 입을 통해 알게 된다고 말해주었다. 그러니까 다른 연어들의 입은 자신을 비춰주는 거울인 셈이다. 그래서 연어들은 남들에 대해서 이러쿵저러쿵 입에 올리기를 좋아하는 습성을 가지게 되었는지도 모른다.

"그런데 가자미는 왜 두 눈이 한쪽으로 쏠려 붙어 있는 거지?"

"그건 가자미가 자기 자신이 어떻게 생겼는지 보려고 애쓰다가 그렇게 된 거란다."

가자미의 우습게 생긴 눈을 떠올리고 은빛연어가 웃는다. 하지만 누나의 눈에는 깊은 그늘이 어른거린다.

"은빛연어야, 네 동무들이 너를 별종이라고 부르는 이유를 알겠니?"

은빛연어는 별종, 이라는 말의 뜻을 그제야 조금 알 것 같았다. 그것은 뭇 연어들과 자신을 구분짓는 말이었다. 갑자기 은빛연어는 자신이 먼바다에 홀로 뚝 떨어져 있는 섬이라는 생각이 들었다. 이 세상이라는 바다 위에

오직 혼자밖에 없다는 외로움. 외로움은 두려운 게 아니라 슬픈 것이다. 자신의 몸이 온통 은빛이라는 것을 알고 난 후부터 은빛연어는 이런 생각이 자주 들었다.

'삶이란 견딜 수 없는 것이다!'

그러면 마음속의 또다른 은빛연어가 말했다.

'삶이란 그래도 견뎌야 하는 것이다.'

그는 마음속에 두 마리의 연어를 갖게 된 것이다.

어느 날 은빛연어는 동무들에게 말했다.

"내 몸의 비늘보다 마음속을 들여다봐주렴."

가까이서 헤엄치던 한두 마리의 연어가 귀찮은 표정으로 몇 마디 물었다.

"마음을 어떻게 들여다본다는 거지?"

은빛연어는 자기 말에 관심을 가지는 연어가 있다는 생각이 들어 무척 기뻤다.

"그건 말이야, 외양보다 내면을 본다는 건데, 음……"

그는 하도 오랜만에 속마음을 내비치는 때문인지 자꾸 더듬거리고 있다. 마음속에 들어 있는 수많은 말들이 끊어진 사슬처럼 툭툭 질서 없이 튀어나온다.

"그러니까…… 내면이란 건…… 보이지 않는……
뭐랄까……"

"네 말은 너무 어려워서 잘 모르겠는걸."

그들은 재미없다는 듯 등을 돌리고 바삐 먹이를 찾아
가버린다.

은빛연어를 옆에서 보고 있던 연어들이 코웃음을 흥,
하고 친다. 그들은 고개를 절레절레 흔들더니,

"보호받는 것을 고맙게 여겨야지, 무슨 뚱딴지같은 소
리람."

하면서 저희끼리 몰래 속닥거린다.

"그래, 은빛연어 때문에 우리가 적에게 제일 먼저 공
격을 당할지도 모른다구."

이렇게 동무들이 비아냥대는 소리를 들으면 은빛연어
는 몸이 화끈거린다.

사실 연어떼가 남쪽으로 이동을 시작할 때부터 은빛
연어는 대열의 한복판에서 헤엄치게 되었다. 그것이 턱
큰연어의 결정이었다. 턱큰연어는 연어떼의 지도자다.
그는 남 앞에서 우쭐대기를 좋아한다. 아주 사소한 것을 말할 때에도 목소리를 낮추는 법이 없다. 그가 늘 자신만만한 목소리로 말을 하다가보니까 자연스럽게 턱이 커졌고, 그래서 그런 이름이 붙었다.

턱큰연어는 이동 준비를 마친 연어떼 앞에서 큰 턱을 앞으로 내밀며 말했다.

"한눈을 팔아서는 안 된다! 뒤를 돌아보지 마라! 수면 가까이 떠올라 헤엄을 치면 안 된다!"

턱큰연어는 연어들의 법률이다.

"그리고, 너!"

그 큰 턱은 은빛연어를 가리킨다.

"너는 언제나 무리의 한가운데서 헤엄을 쳐야 한다. 너는 적들의 눈에 잘 띌 위험이 있는 것이다. 살아서 고향으로 돌아가고 싶거든 내 말을 따르도록 하라."

그리하여 다른 연어들은 은빛연어의 주위에서 보호벽이 되었다. 앞에도, 뒤에도, 왼쪽에도, 오른쪽에도, 위에도, 아래에도 온통 연어들이었다. 그것은 은빛연어에게 안전한 울타리가 아니었다. 그것은 캄캄한 어둠 그 자체였다.

그후로 은빛연어는 점점 외톨박이가 되어갔다. 수많은 연어 중에 그의 말 상대가 되어주는 연어는 누나뿐이었다.

"내 동무들은 왜 나를 따돌리지?"

"왜 따돌린다고 생각하니? 오히려 너를 감싸고 있잖아?"

누나는 무엇이든 긍정적으로만 생각하려고 한다. 그게 은빛연어는 답답했다. 누나는 아니다, 라는 단어를 모르는가? 아니면 알면서도 모르는 척하는 것인가?

"나는 보호받으면서 따돌림당하는 것보다는, 보호받지 않고 자유로워지고 싶거든."

"자유?"

누나는 자유, 라는 말을 듣고 눈이 휘둥그레진다.

자유, 라는 말은 연어들이 사용해서는 안 되는 말 중의 하나다. 반항, 가출, 불복종, 저항, 파괴, 놀이, 혁명 등의 단어와 함께. 이 단어들을 쓰면 고향으로 돌아가 알을 낳을 수 있는 연어는 한 마리도 남지 않을 거라고 턱큰연어는 경고하곤 했다.

"나도 자유롭게 헤엄을 치고 싶어. 바닷속을 마음껏 구경하고 싶다구. 나는 이 바다의 모든 것을 내 눈 속에 담고 싶거든."

누나는 누가 듣지는 않는지 주변을 한 바퀴 둘러본다.

"물론 나는 너를 이해할 수 있단다. 하지만……"

누나는 언제나 이해할 수 있다고 말한다.

"그건 모두 다 너를 위해서야. 너는 참을 줄도 알아야 한단다. 그래야 나중에 커서 훌륭한 연어가 되지."

은빛연어는 답답해서 아가미가 터질 것 같다.

"나는 네가 참 걱정스러워."

은빛연어는 누나가 훨씬 더 걱정스럽게 여겨진다. 그는 이런 생각을 해보는 것이다.

'누나는 늘 걱정만 하는 존재다. 누나는 나를 왜 옆에서 보지 못할까? 불곰과 물수리가 위에서 물고기를 내려다보듯이 누나도 나를 위에서 보려고 한다. 누나는 걱정하는 척하면서 간섭하려고 든다. 간섭하는 게 사랑의 표시라도 되는 듯이. 누나는 사랑은 간섭이 아니라는 것을 모른다. 오히려 묵묵히 바라보거나 나란히 헤엄치는 것

이 사랑이라는 것을 정말 누나는 모르는 것이다.'

그럴 때마다 은빛연어는 동무들로부터 멀리 떠나고 싶다는 생각을 했다.

'떠나자!'

하고 은빛연어가 생각하면,

'떠나서는 안 돼.'

하고 마음속의 또다른 은빛연어가 그를 붙잡는 것이었다.

은빛연어는 머릿속으로 수없이 떠났지만, 실제로는 한 번도 떠나지 못하였다.

사실 그의 마음을 붙잡고 있는 것은 누나인지도 모른다. 은빛연어 대신에 물수리의 밥이 되고 만 누나연어! 누나가 은빛연어에게 마지막으로 남기고 간 선물은, 이 세상에서, 끝까지, 살아남아야 한다는 다짐인지도 모른다.

햇빛이 무척 맑은 날이다.

며칠째 흐린 하늘에서 눈이 쏟아지더니 오늘은 바닷속 깊숙한 곳까지 햇빛이 비쳐든다. 바다는 제 가슴에다 푸른 잉크를 알맞게 풀어놓고 있다. 지금 바다는 착한 짐승처럼 순해져서 건드리기만 해도 시원한 울음소리를 낼 것 같다.

연어 무리에게도 모처럼 한가한 시간이 주어졌다. 이런 시간에는 되도록 영양가 높은 먹이를 많이 먹어두어야 한다. 산란을 위해 강을 타고 오를 때는 아무리 맛있는 게 있어도 절대로 먹으면 안 된다. 그러니까 미리부터 몸속에 에너지를 저장해두어야 하는 것이다.

식성이 좀 까다로운 은빛연어는 무엇보다 새우를 좋아한다. 새우 특유의 고소한 맛은 입안에 군침을 감돌게하는 매력이 있다. 하지만 과식은 하지 않는다. 자기 욕망의 크기만큼 먹을 줄 아는 물고기가 현명한 물고기라고, 그는 생각한다. 연어는 연어의 욕망의 크기가 있고, 고래는 고래의 욕망의 크기가 있는 법이다. 연어가 고래의 욕망의 크기를 가지고 있다면 그는 이미 연어가 아닌것이다. 고래가 연어의 욕망의 크기를 가지고 있다면 그는 이미 고래가 아닌 것처럼. 연어는 연어로 살아야 연어인 것이다.

은빛연어는 배가 든든해지자 혼자서 물가로 가만가만고개를 내밀어본다. 그러면 바다가 제 가슴의 창문을 열고 세상을 보여준다. 하지만 그것은 매우 위험한 행동이다. 이 세상에는 언제나 동무들의 숫자보다 적들의 숫자가 많기 때문이다.

오랜만에 바라본 눈 덮인 대지는 끝없이 눈부신 은빛이다. 연어떼는 지금 눈과 얼음의 땅인 알래스카 부근을

지나가고 있는 것이다. 은빛연어는 자기 몸의 빛깔과 눈으로 덮인 대지의 빛깔이 하나인 것을 보고는 감격하지 않을 수 없었다. 은빛과 또하나의 은빛. 자기와 닮은 것을 만나면 누구나 친근감을 가지는 법이다. 그런데 그것도 매우 위험한 생각 중의 하나다. 물속에서 사는 물고기에게 대지는 화해할 수 없는 가장 큰 적이니까.

하지만 은빛연어는 바다가 제 가슴을 열고 보여주는 세상이 좋았다. 물속이 아닌 대기의 서늘한 바람 냄새를 맡는다는 것은, 머릿속으로 생각만 해도 즐거운 일이다. 그는 마음속의 또다른 은빛연어에게 물어본다.

'연어는 왜 물속에서만 살아야 하지?'

마음속의 은빛연어는 아무 대답이 없다.

'나는 물속이 감옥처럼 여겨질 때가 있어.'

그래도 아무 대답이 없기는 마찬가지다.

이때 은빛연어의 머리 위로 갑자기 거대한 검은 그림자의 자취가 내리덮치는가 싶더니,

"어서 피해!"

라는 외마디 비명이 귓가를 스쳐간다.

그것은 순식간에 일어난 일이었다.

은빛연어는 문득 욱신거리며 쓰려오는 배를 겨우 가누고 주위를 둘러본다. 찢어진 연어 비늘 몇 개가 물속에 질서 없이 떠다니고 있고, 어디선가 피냄새가 난다. 그는 황급히 이쪽저쪽으로 몸을 비틀어 다친 곳이 없나 살핀다. 그러나 이상하게도 은빛연어의 몸은 말짱하고, 비릿한 피냄새만이 점점 짙어지는 것이다. 피냄새를 좋아하는 상어떼에게 들키기라도 하면 큰일이다.

누가 가까이 다가오는지 미세한 파동이 느껴진다.

"괜찮니?"

물방울 구르듯 또랑또랑한 목소리다. 어느 틈엔가 다른 연어 한 마리가 옆에 다가와 말을 건네고 있다. 은빛연어는 그제야 정신을 차리고 곁눈질로 그 연어를 가만히 본다.

"괜찮니?"

상냥한 목소리의 주인은 등이 검푸르고 배가 하얀 그저 보통 연어다. 그렇지만 그녀의 눈은 맑은 밤하늘의 별처럼 반짝반짝 빛을 내고 있다.

언젠가 은빛연어는 턱큰연어 몰래 바다 위로 얼굴을 내밀고 밤하늘을 구경한 적이 있었다. 마치 물소리가 날 것 같던 은하수, 어둠 속에 점점이 박혀 각자 제 빛깔을 자랑하던 이름 모를 수많은 별들. 그때 은빛연어는 별이 하늘의 눈망울이라고 생각했던가?

"내 이름은 눈맑은연어란다."

그녀는, 은빛연어가 한가하게 몽상에 빠져 있을 때 멀리서 은빛연어를 바라보고 있었던 것이다.

"불곰이 그 커다란 손으로 너를 노리고 있었어. 조금만 더 물가로 나오기를 말이야. 너는 무슨 생각에 잠겨 있는 것 같았고. 그 불곰이 너를 내리치는 순간, 내가 소리를 치면서 꼬리지느러미로 너를 힘껏 떠다밀었지. 괜찮니? 아프지 않니?"

이렇게 묻는 눈맑은연어의 등지느러미는 찢어져서 힘없이 너덜거린다. 그 상처에서 조금씩 피가 흐르고 있는 게 아닌가. 은빛연어는 아, 하고 탄식을 내뱉는다. 눈맑은연어는 은빛연어가 위험에 처한 것을 미리 알아채고 자신의 몸을 던져 곰으로부터 그를 구한 것이다.

"어떻게 나를?"

"네가 은빛으로 덮인 비늘 때문에 외톨박이가 되었을 때부터 나는 너를 먼 곳에서 보고 있었거든."

이럴 때, 고맙다고 해야 할지, 미안하다고 해야 할지 은빛연어는 모른다. 하나밖에 없는 몸을 아끼지 않고 자신을 죽음으로부터 구해준 눈맑은연어에게 무슨 말을 해야 하나? 죽어도 은혜를 잊지 않겠다고 말해야 하나? 나도 언젠가는 너를 도와주겠노라고, 너를 이제부터 그림자처럼 따라다니겠노라고 말해야 하나?

'나는 나 아닌 연어를 위해 과연 목숨을 걸 수 있을까?'

자기 자신에게 이렇게 물어보던 은빛연어의 입에서,

"너 많이 아프겠구나."

라는 말이 불쑥 튀어나온다.

겨우 이런 말로 감사의 표시를 하는 게 아니라는 생각이 들었으나, 그렇다고 말을 다시 주워 담을 수도 없다.

"나는 아프지 않아."

"등지느러미에서 지금도 피가 흐르고 있잖아."

"괜찮아."

눈맑은연어는 아무렇지도 않다는 듯이 일부러 이리저리 헤엄을 쳐 보인다. 문득 그녀의 목소리가 들린다.

"네가 아프지 않으면 나도 아프지 않은 거야."

"그게 무슨 말이지?"

그녀는 대답 대신에 한참 동안이나 은빛연어를 바라본다.

그녀의 두 눈이 아까보다 더 초롱초롱하게 빛나는 것 같다. 무슨 말을 꺼낼 듯이 입을 오물거리다가 그녀는 그만 연어 무리가 있는 쪽으로 사라지고 만다. 그녀가 흘린 피 냄새가 한동안 가시지 않는다.

은빛연어는 눈맑은연어가 남기고 간 말을 곰곰 되씹어본다. 네가 아프지 않으면 나도 아프지 않은 거야, 라는 그 말을. 그 한마디 말이 머릿속에서 떠나지 않는다. 그 한마디 말이 벌써 은빛연어의 가슴 깊은 곳까지 들어와버렸나?

시간이 흐르고 있었다.

은빛연어는 눈맑은연어가 보고 싶었다. 상처 입은 몸으로 그녀가 사라진 뒤에는 한 번도 서로 마주칠 기회가 없었다. 베링해를 통과할 무렵에 연어 무리는 자그마치 4천 마리로 불어났던 것이다. 또한 초록강 입구에 도착하기 위해 연어떼는 아주 빠른 속도로 이동해야 했다.

눈맑은연어가 보고 싶은 날 은빛연어는 자주 밤하늘의 별을 바라본다. 그녀의 눈동자처럼 반짝이는 별들을 바라보며 이런 생각을 해본다.

'별들이 저렇게 반짝이는 건 나에게 누군가 신호를 보내고 있다는 뜻일 거야. 나 여기 있다고, 나 아무 일 없

이 잘 있다고, 눈맑은연어가 나에게 끊임없이 마음으로 말하기 때문일 거야.'

은빛연어는 머리를 흔든다. 그가 머리를 흔들 때마다 잔잔하던 수면이 파르르 소리를 내며 웃는 것 같다. 눈맑은연어에 대한 생각을 지워보려고 가장 깊은 곳까지 잠수해 들어가보기도 했지만, 은빛연어의 눈은 자기도 모르는 사이에 또 별들을 올려다보고 있는 것이다.

'저 별빛은 내가 그녀에게 보내는 신호인지도 몰라. 그녀하고 나하고만 아는 마음이 별빛이 되어 빛나고 있는 건지도 몰라.'

그러면 밤하늘의 별들은 자꾸 보고 싶다, 보고 싶다, 보고 싶다, 라면서 깜박거리는 것이다. 보고 싶다, 라는 말보다 더 간절한 말은 이 세상에 없을 것이라고 은빛연어는 생각한다. 연어 무리의 엄격한 법률인 턱큰연어의 명령도 이 보고 싶음에 견준다면 한낱 물방울 같은 것이다. 동무들에게 둘러싸여 이동을 해야 하는 막막함도 이 보고 싶음에 비한다면 아무것도 아니다.

그리움, 이라고 일컫기엔 너무나 크고, 기다림, 이라

고 부르기엔 너무나 넓은 이 보고 싶음. 삶이란 게 견딜 수 없는 것이면서 또한 견뎌내야 하는 거라지만, 이 끝없는 보고 싶음 앞에서는 삶도 그 무엇도 속수무책일 뿐이다.

여태껏 한 번도 맡아보지 못한 아주 이상한 냄새가 난다. 그 새로운 냄새는 웬일인지 낯설다는 느낌이 들지 않는다. 언젠가 몸속을 적시고 간 아련한 추억의 냄새, 그런 게 있다면 바로 이런 것일까? 얼굴도 모르는 어머니의 속살 깊은 곳에 숨어 있었을 것 같은 냄새. 아니면 아버지의 냄새가 이런 것일까?

연어들은 조금씩 흥분하기 시작한다.

비로소 초록강이 가까워졌다는 뜻인가?

여기가 초록강의 입구라면, 매서운 눈알을 굴리는 물수리도, 동굴 같은 입으로 연어떼를 후루룩 삼키는 상어도, 알래스카의 얼음 위에서 연어떼를 노리는 불곰도, 바다사자도, 바다 밑바닥까지 샅샅이 훑는 연어잡이 저인망 어선도 이제부터 나타나지 않을 것이다. 여기가 초록강의 입구라면, 말로만 듣던 고향으로 가는 길이라면……

지느러미가 물을 헤치는 속도가 점점 빨라지고 있다. 뭔가 싱싱한 기운이 내부에서 솟구쳐오른다. 강물 냄새는 점점 짙어지고 있다. 연어들은 강물 냄새가 나는 쪽으로 일제히 헤엄치는 방향을 바꾸고 있었다. 무슨 정해놓은 약속이라도 있는 듯이.

은빛연어는 동무들에게 둘러싸여 강물 냄새가 나는 쪽으로 몸을 튼다. 강물이 바닷물에 섞이면서 물속의 염분이 훨씬 줄어든 느낌이 든다. 이 초록강 입구에서 상류까지는 그렇게 멀지 않다고 들은 적이 있다. 여기서 잠시 강물 적응 기간을 보낸 뒤 강을 거슬러오르기만 하면 된다. 모든 고통이 거의 끝나간다는 생각이 들자 은빛연어는 몸이 노곤해진다.

그때 그의 눈앞으로 뭔가 번쩍, 하고 스쳐지나가는 빛

한 줄기가 보인다. 그 빛이 너무나 강렬해서 은빛연어는 순간적으로 눈앞이 캄캄해질 지경이었다. 그 빛나는 물체는 무리가 방향을 틀자 이내 은빛연어의 왼쪽에 바짝 다가와 있었다.

"안녕?"

그 물체는 다름 아닌 눈맑은연어였다. 그녀의 목소리가 다시 귓전에 울린다.

"은빛연어야, 너 그동안 무척 힘들었지?"

은빛연어는 부끄러운 곳을 들켜버린 것 같아 얼굴이 달아오른다.

"이제 아무 걱정 하지 마. 내가 옆에 있어줄 테니까."

"……"

둘 사이에 한참 동안 침묵이 흐른다. 하지만 이렇게 계속 머뭇거리고 있는 것도 어색한 일이다. 은빛연어가 용기를 내어 이번에는 먼저 말을 꺼낸다.

"넌 그동안 어디에서 지냈니?"

"먼 곳에 있었지."

"먼 곳이라구?"

"그래…… 우리가 만나기 전에는 둘 다 서로 먼 곳에 있었지. 너는 나의 먼 곳, 나는 너의 먼 곳 말이야. 우리는 같이 숨쉬고 살면서도 서로 멀리 있었던 거야. 하지만 이제는 그렇지 않아."

"듣고 보니까 그런 것도 같구나. 그러면 내가 하나 더 물어봐도 될까?"

"뭔지 말해보렴."

"아까 네가 내 앞으로 지나갈 때 말이야. 그때 내 눈에 번쩍, 하는 빛이 보였거든."

"빛이?"

"틀림없이 봤어, 내 눈을 멀게 할 것처럼 강렬한 빛을."

눈맑은연어의 입안에 있던 공기 방울이 뽀그르르 물 위로 흩어진다. 그녀가 웃음을 짓고 있다는 뜻이다.

"그건 마음의 눈으로 나를 보았기 때문일 거야. 마음의 눈으로 보면 온 세상이 아름답거든."

마음의 눈! 얼마나 오랜만에 듣는 말인가. 은빛연어는 마음으로 세상을 볼 줄 아는 친구를, 눈맑은연어를 오래도록 바라보며 해야 할 말을 잊고 있었다.

눈맑은연어를 다시 만나면서 은빛연어에게는 큰 변화가 일어났다.

그 하나는 초록강 입구에서 벌어지는 모든 일들이 예삿일로 여겨지지 않는 것이었다. 예전 같았으면 무심코 넘겨버릴 일들이 은빛연어에게는 하나하나 소중한 의미가 되어 다가왔다. 작은 돌멩이 하나, 연약한 물풀 한 가닥, 순간순간을 적시고 지나가는 시간들, 전에는 하찮아 보이던 이 모든 것들이 소중한 보물처럼 여겨졌다. 이 세상을 위해 존재하지 않는 사물은 하나도 없는 것 같았다. 그리하여 이 세상에는 버릴 것이 하나도 없어 보였다.

특히 은빛연어는 물속의 온갖 소리들을 듣기 위하여 오래오래 귀를 열고 있는 시간이 좋았다. 그동안 사나운 적을 피하거나 먹이를 구하는 데 주로 쓰였던 청각은, 이제 세상의 미세한 움직임을 모두 받아들이고 이해하는 통로가 되고 있었다.

은빛연어는, 갈대밭에서 벌레들이 우는 소리를 들었고, 철교를 건너는 먼 기차 소리를 들었고, 연어떼들이 상류로 오르기 위해 짝짓는 소리를 들었고, 물위에 풍금을 치는 듯한 빗소리를 들었고, 분가루처럼 연한 모래알들이 물살에 떠밀려 내려오는 소리를 들었고, 그 소리를 껴안고 흐르는 깊은 강물 소리를 들었다.

그 소리에 귀를 기울이고 있을 때면, 언제나 눈맑은연어가 옆에 와 있었다.

"내가 여기 와 있는 줄 몰랐지?"

눈맑은연어가 눈을 흘기면서 말했다.

"아니야. 네가 어디에 가 있든지 나는 늘 너를 보고 있는걸."

하고 은빛연어가 말했다.

"사실은 나도 그래. 그리고 나는 네가 지금 무슨 소리를 듣고 있는지, 무슨 생각을 하고 있는지도 알아."

눈맑은연어의 두 눈이 초롱초롱하게 빛나고 있다. 눈맑은연어는 은빛연어를 바라본다. 은빛연어에게 언젠가는 해주고 싶었던 말을 이제 해야 할 때가 된 것 같다. 은빛연어에게만 속삭이고 싶었던 말, 은빛연어만이 이해해주리라 믿고 싶은 말, 또 언젠가는 은빛연어에게 듣고 싶은 말.

그녀는 은빛연어의 귀에다 대고 들릴락 말락 한 소리로 말했다.

"세상을 아름답게 볼 줄 아는 눈을 가진 연어만이 사랑에 빠질 수 있는 거야."

은빛연어의 가슴은 표현할 수 없는 어떤 힘으로 가득 차오른다. 눈맑은연어를 만난 이후의 은빛연어는 그가 알고 있던 수많은 연어들의 이름과 주소와 취미와 특기를 잊어버렸다. 그의 머릿속을 채우고 있던 모든 과거의 기억들이 사라져 그는 빈털터리가 되었다. 대신 눈맑은연어 한 마리가 그 비어 있는 자리를 온통 채웠다. 모든 과거가 의미 없는 것이었다면 눈맑은연어, 그녀는 의미 있는 현재다. 은빛연어는, 의미 없는 물이 출렁이던 속을 말끔히 비워내고 이제 비로소 신선하고 푸른 바람을 가득 채운 항아리가 된 것이다.

새로운 변화는 몸에서도 일어났다.

초록강 입구에 도착해서부터, 좀더 정확하게 말하면 눈맑은연어를 다시 만나고부터 은빛연어의 비늘에 발그레한 분홍색이 감돌기 시작한 것이다. 눈맑은연어의 몸에도 눈에 띄게 새로운 변화가 일어나고 있었다. 그녀의 몸에는 은빛연어의 몸보다 더 붉은 주홍색 반점이 하나둘 생겨나고 있었다. 며칠이 지나도 그 붉은 빛깔은 몸에서 가시지 않고, 오히려 더 짙게, 더 붉은빛으로 몸을 감싸는 것이었다.

가을이 깊어가고 있었다.

때마침 빨갛게 물든 단풍잎들이 강물에 실려 둥둥 떠 내려오는 게 보였다.

은빛연어는 단풍잎들에게 물었다.

"너희는 왜 몸이 빨갛게 물들었니?"

"가을이 깊었기 때문이야."

단풍잎들이 입 모아 말했다.

"가을이라구?"

"그래. 가을이 깊어지면 우리 단풍잎들은 모두 떠나야 해. 한 해 동안 매달려 있던 나무로부터 떠나는 거야."

"떠나는 일은 슬픈 일이잖아?"

은빛연어는 안쓰러운 얼굴로 단풍잎들을 바라본다.

"아니야. 우리가 떠나야만 내년에 더 많은 단풍잎이 나무에 매달리게 되는걸. 그런데 너희 연어떼는 어디로 가니?"

"우리는 초록강 상류로 돌아가고 있어."

"왜?"

"그건 아직 나도 잘 모르겠어."

"그러면 너희는 왜 몸이 붉게 물들었니?"

단풍잎도 연어들의 몸 빛깔이 붉어지는 게 신기한 모양이다.

"그것도 잘 모르는 일이야."

단풍잎들은 어느새 그 숫자를 헤아릴 수 없이 불어나 강 표면을 가득 덮고 있었다. 물속의 연어떼는 강을 타고 올라가고, 물위의 나뭇잎들은 강을 따라 아래로 내려가고 있었다.

은빛연어는 눈맑은연어에게 물어보기로 하였다.

"왜 몸이 발갛게 물드는 거지?"

눈맑은연어는 대답 대신에 은빛연어의 눈을 뚫어지게 바라본다. 그러고는 조용히 입을 연다.

"우리들의 몸이 붉게 물드는 것은 어른이 되었다는 뜻이고, 그리고……"

"그리고?"

"우리는 사랑에 빠진 거야. 사랑에 빠져 결혼을 할 때가 되면 모든 연어들은 몸 빛깔이 붉게 변하거든."

"사랑이라구? 그러면 나쁜 병이 아니로구나, 붉은 얼룩이. 하하하."

은빛연어는 환하게 웃는다.

그는 괜한 일로 며칠이나 고민에 빠져 있었다는 사실 때문에 겸연쩍은 생각이 들었다. 그런데 가만히 생각해 보니 어른이 된다는 게 두렵기도 하다. 책임, 이라는 말이 언뜻 머리를 스치고 지나갔기 때문이다. 죽은 누나가 전에 말했었다. 어른이 되면 책임져야 할 일들이 엄청나게 많아진다고.

그래서인지 눈맑은연어도 전에 없이 심각한 표정이다. 천천히 그녀가 말했다.

"결혼을 하면 알을 낳아야 돼."

"알이라구?"

"그래, 너는 잘 모르겠지만 나는 뱃속에 이미 수많은 알을 품고 있어."

"네가 정말?"

은빛연어는 깜짝 놀란 표정으로 눈맑은연어를 바라본다. 눈맑은연어는 무거운 표정이지만 그 무거움 속에는 어떤 각오가 이미 자리잡고 있는 듯이 보인다. 은빛연어는 괜히 마음이 무거워진다.

"너는 기쁘지 않니? 너의 도움이 필요해."

은빛연어가 나도 기뻐, 하고 선뜻 대답하지 못하자, 눈맑은연어가 계속 말을 잇는다.

"우리는 알을 낳기 위해 지금 우리가 태어난 상류로 가는 거야."

잠자코 듣고 있던 은빛연어가 머리를 흔들며 물었다.

"상류에다 알을 낳기 위해서? 오직 그것 때문에?"

눈맑은연어가 침착하게 말했다.

"그게 우리가 살아가는 이유야."

"그만, 그만해!"

은빛연어는 눈맑은연어의 말을 끊었다. 그는 머릿속이 복잡해진 것이다.

'모든 연어들이 죽음의 고비를 숱하게 넘기면서 여기까지 왔다. 앞으로도 적지 않은 어려움이 연어떼를 가로막을 것이다. 그런데 이 험난한 고비를 넘기고 살아남은 이유가 고작 알을 낳기 위해서라고? 연어들이 만나서 사랑하고 결혼하는 것이 모두 알을 낳기 위해서라고?'

은빛연어는 이 사실을 믿고 싶지가 않았다.

'알을 낳기 위해 사는 것은 먹기 위해 사는 것과 무엇이 다른가. 분명히 삶에는 또다른 이유가 있을 것이다.'

은빛연어는 눈맑은연어에게 말했다.

"우리가 강을 거슬러오르는 이유가 오직 알을 낳기 위해서일까? 알을 낳기 위해 사랑을 하는 것, 그게 우리 삶의 전부라고 너는 생각하니? 아닐 거야. 연어에게는 연어만의 독특한 삶의 이유가 있을 거야. 우리가 아직 그것을 찾지 못했을 뿐이지. 그 이유를 찾지 못하면 우리 삶이란 아무 의미가 없는 게 아닐까?"

"글쎄, 네 생각이 틀렸다고 말하지는 않겠어. 어쨌든…… 나는…… 알을 낳아야 해. 그 누구도 아닌, 너와 나의 알을 말이야."

눈맑은연어는 은빛연어에게 부풀어오른 하얀 배를 보여주고 싶었다. 은빛연어에게 마음의 눈으로 알을 한번 보라고 말해주고 싶었다. 상류로 가서 뱃속에 있는 알을 낳는 일, 그 중요한 일을 선뜻 이해하지 못하는 은빛연어가 자꾸 안쓰럽게 여겨지는 것이었다.

"나뭇잎들은 왜 강 아래로 내려가지요?"

은빛연어가 신기해하면서 묻자,

"그건 거슬러오를 줄 모르기 때문이야."

하고 초록강이 말했다.

"거슬러오른다는 건 또 뭐죠?"

다시 은빛연어가 묻자, 초록강은 물살을 약하게 조절하면서 웃는다. 그때 강은 마치 흐름을 멈춘 것처럼 보인다. 하지만 흐름을 멈춘 강이란 이 세상에 없다. 강물은 쉬지 않고 흐른다. 속이 깊은 강일수록 흐름을 겉으로 드러내지 않을 뿐이다.

"거슬러오른다는 건 뭐죠?"

초록강은 여전히 웃기만 하고 대답을 하지 않는다. 초록강은 대답 대신에,

"은빛연어야, 너는 너 혼자의 힘으로 강을 거슬러오른다고 생각해서는 안 돼."

하고 말했다.

"그럼요?"

"혼자라는 건 아무것도 아니야. 연어 무리는 특히 그렇지. 연어가 아름다운 것은 떼를 지어 거슬러오를 줄 알기 때문이야."

"왜 우리는 거슬러오르는 거지요?"

"거슬러오른다는 것은 지금 보이지 않는 것을 찾아간다는 뜻이지. 꿈이랄까, 희망 같은 거 말이야. 힘겹지만 아름다운 일이란다."

은빛연어는 초록강의 말을 한마디도 빼놓지 않고 듣겠다는 듯이 꼼짝도 하지 않고 귀를 기울인다.

"강물이 왜 하류로 흐르는지, 너는 아니?"

"그건 거슬러오를 줄 모르기 때문인가요?"

"하하하하."

초록강이 큰 소리로 웃었다. 강이 크게 웃으면 강가에 철썩철썩 물살이 이는데, 강가의 갈대밭 전체가 흔들릴 정도다. 은빛연어는 초록강의 말을 너무 쉽게 받아넘겼다는 것을 뒤늦게 알아차린다.

"강이 하류로 흐르는 건 연어들을 거슬러오르게 하기 위해서야."

"그럼 우리는 강물 때문에 거슬러오르는 것이군요."

"그래. 강물은 아래로 흐르면서 연어들을 가르친단다."

"가르친다구요?"

초록강이 천천히 말을 잇는다.

"강물은 아래로 흐르면서 자신의 물살과 체온을 연어들에게 가르친단다. 그리고 길을 가르쳐주지. 연어들이 반드시 강을 거슬러올라야 한다는 것을, 또한 거슬러올라야 하는 이유를 말이야."

은빛연어는 비로소 고개를 끄덕인다. 아닌 게 아니라 강은 자신의 몸 전체로 연어들의 길을 가르쳐주고 있었던 것이다.

"거슬러오르는 것은 희망을 찾아가는 거라 하셨죠?"

"그렇단다."

"그럼 희망이란 알을 낳는 것인가요?"

은빛연어는 실망한 듯 묻는다.

"글쎄…… 그럴 수도 있고, 아닐 수도 있지."

"아저씨! 그런 대답이 어디 있나요."

은빛연어가 투정하듯 대들자 강이 말한다.

"그러면 은빛연어야, 너의 희망은 뭐니?"

초록강의 갑작스런 물음에 은빛연어는 막바로 대답을 하지 못한다. 은빛연어는 너무 많은 희망을 가슴속에 품고 있는 것이다. 그런데 막상 희망에 대해서 아무 말도 하지 못하는 것은 무슨 까닭일까? 희망이란 정말 보이지 않는 것이라고 은빛연어는 생각한다.

속깊은 아저씨같이 고요하고 푸른 강물. 그 따뜻함 속에 몸을 담그고 있으면 강이 고여 있는 것인지, 흐르고 있는 것인지를 구별할 수 없을 정도로 아늑하다.

"은빛연어야, 너는 바다를 보았겠구나."

초록강은 바다에 대해서 궁금해하는 것 같았다. 강은 아직 바다에 닿지 못한 것이다.

"네가 본 바다에 대해서 나한테 이야기해줄 수 있겠니?"

은빛연어는 바다 이야기라면 자신이 있다.

"바다는 끝이 없어요."

"얼마나 넓기에 끝이 없다는 거지?"

"넓이가 아니라 싸움이 끝날 날이 없다는 거예요. 서로 물고 뜯고 죽이는 싸움 말이에요. 그 싸움 때문에 거친 파도가 잘 날이 없어요."

은빛연어의 말을 듣고 강이 혼잣말이라도 하듯 낮은 목소리로 말한다.

"너는 네 아버지와 똑같이 말하는구나."

아버지, 라는 말에 은빛연어는 귀가 솔깃해진다.

"아저씨는 제 아버지를 아세요?"

"알고말고."

은빛연어는 아버지 이야기를 해달라고 졸라댄다.

"네 아버지도 너처럼 은빛 비늘로 온몸이 빛나는 연어였단다."

"아하, 그랬군요."

은빛연어는 갑자기 가슴이 뛰는 것을 느낀다. 그러다가 가슴속이 뭉클해지기도 하고 콱콱 막히는 것 같기도 하다. 아버지의 은빛 비늘을 상상해보는 그의 눈에는 눈물이 핑 돈다.

“그럼 저는 은빛 비늘만 아버지를 닮았나요?”

“겉모습뿐만 아니라 네 마음도 아버지를 쏙 빼닮은 듯하구나. 네 아버지는 마음을 훤히 읽을 줄 아는 연어였어.”

초록강은 옛날을 더듬고 있었다.

“네 아버지는 연어 무리의 지도자였지. 500마리나 되는 연어들을 이끌고 초록강으로 돌아왔단다. 굉장했지. 모든 연어들이 네 아버지를 존경했고, 네 아버지는 또 모든 연어들을 사랑으로 대했단다. 나는 이제까지 그런 거대하고 엄숙한 풍경을 본 적이 없어. 아마 앞으로도 없을 거야.”

초록강은 그때의 감격을 회상하고 있는 듯 얼굴이 상기된다. 강물 위로 저녁놀이 지고 있다.

“그런데 짧은 사이에 모든 것이 너무 빨리 변하는 세상이야.”

“무슨 일이 있었나요?”

초록강은 잠시 망설이는 듯하다. 지나간 과거, 특히 아픈 기억의 과거를 함부로 말하지 않도록 아주 조심해야 한다는 것을 그는 잘 안다. 기억이란 쓸데없는 오해를 불러일으킬 위험이 늘 있는 것이다. 하지만 은빛연어에게는 사실을 제대로 이야기해줄 필요가 있다. 아버지를 모르는 은빛연어에게 아버지의 역사를 귀띔해준다는 것, 그것은 은빛연어에게 살아가야 할 또다른 이유가 될지도 모르기 때문이다.

"네 아버지는 쉬운 길을 가지 않는 연어였어."

"쉬운 길이란 어떤 길인데요?"

"이를테면 인간들이 연어들을 위해 만들어놓은 물길 같은 거 말이야. 그 길로 가면 힘들이지 않고 상류로 갈 수도 있지. 하지만 네 아버지는 그런 길을 믿지 않았어."

"잘 이해가 되지 않는군요."

"네 아버지는, 연어에겐 연어의 길이 있다고 늘 말했지. 옛날에는 이 강에 폭포가 아주 많았단다."

"폭포라구요? 그게 뭐죠?"

"네 아버지 말대로 하면, 폭포란, 연어들이 반드시 뛰어넘어야 하는 곳, 이라는 뜻이지. 폭포를 뛰어넘지 않고 그 앞에서 포기하거나, 인간들이 만들어놓은 물길로

편하게 오르려는 연어들에게는 폭포란, 도저히 뛰어넘을 수 없는 두려운 장벽일 뿐이지."

"폭포 때문에 무슨 일이 있었던 게로군요."

"그래. 폭포를 앞에 두고 폭포를 뛰어올라야 한다는 네 아버지 쪽과 그 반대 세력 사이에 갈등이 생겨난 거야."

은빛연어는 점점 궁금한 것이 많아져 다그치듯 물었다.

"그들은 왜 지도자인 아버지의 말을 듣지 않았죠?"

"폭포를 뛰어오르려면 희생이 크다는 게 그들의 주장이었어. 하지만 네 아버지 생각은 달랐어. 한순간의 희생은 슬프고 가슴 아픈 일이지만, 먼 훗날을 위해서 폭포를 뛰어올라야 한다는 거였지."

"먼 훗날을 위한다는 건 또 뭐죠?"

"연어들이 편한 길로 가는 것을 좋아할수록 연어들은 해가 갈수록 차츰 도태되고 만다는 거야. 인간들에게 서서히, 조금씩 길들여지다보면 먼 훗날 폭포를 뛰어넘을 수 있는 연어는 한 마리도 남지 않게 된다는 게 네 아버지의 생각이었지."

"그뒤로 어떻게 되었나요?"

초록강은 지는 노을을 슬픈 표정으로 바라보면서 말했다.

"폭포를 뛰어넘는 과정에서 많은 희생자가 생겨났지. 상류에 도착했을 때 네 아버지는 반대 세력들의 비판을 받지 않을 수 없었어. 그래서 네 아버지는 연어 무리의 희생에 대해 정중히 사과하면서 지도자 자리를 내놓겠다고 했지."

"그럼 제 아버지가 스스로 잘못을 인정한 거로군요."

"은빛연어야, 네 아버지는 잘못한 게 없단다. 그때 폭포를 뛰어오르다가 희생된 연어들은 모두 인간들에게 잡혀갔을 뿐이야. 폭포 옆에 숨어 연어를 노리고 있던 인간들, 잘못이 있다면 그 인간들에게 있지. 네 아버지는 연어의 길을 당당히 가고자 했을 뿐이야."

"아아."

은빛연어의 입에서 들릴락 말락 하게 한숨이 새어나온다. 초록강이 은빛연어를 꼭 껴안아주며 말했다.

"은빛연어야."

"네, 말씀하세요."

"너는 서운하니?"

"아니요."

"그래그래, 됐다. 너는 지도자가 되지 못했지만, 쉬운 길을 가지 않는 마음이 아버지를 닮았으니 그만하면 됐어. 나도 네가 자랑스럽구나."

강은 그후로 은빛연어의 아버지에 대한 이야기를 하지 않았다. 초록강으로부터 그의 아버지 이야기를 듣고 난 이후 은빛연어의 표정은 전보다 몰라보게 밝아졌다. 그는 자신의 은빛 비늘을 창피하게 여기지 않았으며 오히려 자랑스럽게 생각하였다.

그의 동무들이,

"이 은빛 별종아!"

라고 놀리면서 지나가도,

"그래, 나는 은빛연어야."

라고 웃으면서 대꾸하는 연어가 되었다.

자신의 외모 때문에 고민하던 시절이 생각날 때마다 은빛연어는 부끄러워서 어딘가로 숨어들고 싶었다. 그는 동무들에게 마음을 들여다봐야 한다고 말했다. 마음을 볼 줄 모르는 동무들을 원망하기도 했다. 마음을 보지 못하게 만드는 이 세상은 위선으로 가득차 있는 것 같았다.

　그것은 오만으로 가득찬 생각이었음을 은빛연어는 조금씩 깨닫기 시작했다.

　'나는 남의 마음을 제대로 들여다보고 있는가?'
라고 은빛연어는 자신에게 물어본다. 마음속의 또다른

연어가,

  '아니다.'

라고 말한다.

  그렇다. 정작 자신도 들여다보지 못한 마음이 있는 것이다. 무엇보다, 알을 낳기 위해 상류로 간다는, 오직 그게 삶의 이유라는 눈맑은연어의 마음. 그녀가 마음속에 보듬고 있는 수많은 마음의 알들을 은빛연어는 보지 못하고 있는 것이다. 아주 가까운 곳에 있는 것은 보이지 않는 것인가?

  은빛연어는 괴로웠다. 그러면 은빛연어가 혼자 괴로워하고 있는 것을 아는지, 초록강이 스스럼없이 그를 껴안아주곤 했다.

  "아저씨는 왜 바다로 가고 싶은 거예요?"

  "나는 아무데도 가지 않는걸."

  강이 시치미를 떼면서 말한다.

  "거짓말하지 마세요. 지금도 쉬지 않고 흐르고 있잖아요."

  "물론 그건 맞아. 그렇지만 바다로 가야 할 이유가 있는 것은 아니야."

은빛연어는 강이 엉뚱한 구석이 좀 있다고 생각한다.

"이유 없는 삶이 있을까요?"

"네 말대로 이유 없는 삶이란 없지. 이 세상 어디에
도."

"그럼 아저씨의 삶의 이유는 뭔가요?"

"그건 내가, 지금, 여기 존재한다는 그 자체야."

"존재한다는 게 삶의 이유라구요?"

"그래. 존재한다는 것, 그것은 나 아닌 것들의 배경이
된다는 뜻이지."

은빛연어는 배경, 이라는 말이 귀에 거슬렸다. 언젠가,
나의 배경은 턱큰연어야, 라면서 거들먹거리던 연어들
이 생각났기 때문이다. 그들은 툭하면 남의 먹이를 빼앗
았고, 힘자랑을 일삼았다. 그들은 연어 무리의 작은 법
률이라도 되는 듯 행세했다. 그래서 배경, 이란 늘 무섭
고 어두운 거라고 그는 생각해왔던 것이다.

"배경이란 뭐죠?"

"내가 지금 여기서 너를 감싸고 있는 것, 나는 여기 있

음으로 해서 너의 배경이 되는 거야."

"아하!"

똑같은 단어도 누가 사용하는가에 따라서 엄청나게 의미나 느낌이 달라질 수 있다는 것을 은빛연어는 알게 되었다.

예를 들면 상처, 라는 말도 그렇다. 눈맑은연어의 등 지느러미에는 불곰의 공격 때문에 입은 상처가 아직도 남아 있다. 그 상처는 찢어진 헝겊조각처럼 너덜거린다. 그 모습을 보고 다른 연어들은 보기 흉하다며 고개를 돌리기 일쑤다. 그들은 상처, 라는 말을 보기 싫은 흉터로 이해한다. 하지만 은빛연어는 그 상처를 자신의 상처로 마음속에 깊이 새겨두고 있는 것이다. 네가 아플 것 같아서, 나는 아프지 않을 거야, 라는 말을 하지 못했을 뿐.

"이제 조금 알겠니?"

"네. 별이 빛나는 것은 어둠이 배경이 되어주기 때문이죠?"

"그렇지."

"그리고 꽃이 아름다운 것은 땅이 배경이 되어주기 때

문이고요?"

"그렇지."

"그러면 연어떼가 아름다운 것은 서로가 서로의 배경이 되어주기 때문인가요?"

"그래, 그렇고말고."

강은 은빛연어가 대견스럽게 여겨졌다. 은빛연어는 물속뿐만 아니라 하늘과 대지의 이치에도 관심을 가지고 있는 생각 깊은 연어인 것이다. 자연의 아름다움과 그 이치를 안다는 것은 자신이 스스로 자연의 일부임을 안다는 뜻이다. 자연의 일부이면서도 자연을 얕보는 지상의 인간들만이 그 중요한 사실을 모르고 있을 뿐이다. 강은 그것을 언제나 안타까워했다.

"그럼 나도 누구의 배경이 될 수 있겠네요?"

"네가?"

"왜요? 내가 너무 작아서 안 되나요?"

"아니야."

"그러면요?"

"네가 기특해서 그런 거란다. 몸집이 커야 배경이 되

는 게 아니거든. 우리는 누구나 우리 아닌 것의 배경이

될 수 있어."

은빛연어는, 무엇보다 눈맑은연어의 배경이 되고 싶

다는 말을 하려다가 참는다.

어느 날 은빛연어는 깜짝 놀랐다.

눈맑은연어와 초록강이 이야기를 나누고 있었던 것이다. 그동안 강에게 이야기 상대가 자기 혼자밖에 없는 줄 알았는데 그녀도 마음의 눈으로 대화를 하고 있었던 것이다. 더욱이 눈맑은연어는 강이 어딘가 아프다는 것을 알고 있었다.

그녀는 매우 심각한 표정이다.

"어디 아프세요?"

눈맑은연어가 이렇게 묻자 초록강은,

"응, 조금."

하고 대답한다.

눈맑은연어는 초록강에 몸을 적시면서 강이 조금씩 앓는 소리를 들었다. 연어들이 걱정할까봐 강은 그동안 아픈 표정을 속으로 감추고 있었다. 이것을 눈맑은연어가 맨 먼저 알아차린 것이다. 한번은 그녀의 눈이 빨갛게 부어오른 적이 있었는데, 그것은 강이 아프다는 뜻이었다. 세상이 아프면 그녀의 몸이 먼저 아팠던 것이다.

"아픈 곳 좀 보여주세요."

그녀는 부끄러움도 잊은 듯하다.

"실은 아프지 않은 곳이 하나도 없단다. 내 숨구멍이랑 핏줄이랑……"

눈맑은연어는 고개를 갸웃거린다. 그러고는 눈을 더 크게 뜨고 강물 속을 바라본다.

"강물 속의 물방울 하나하나가 아저씨의 숨구멍이고 핏줄이라는 말인가요?"

"그래. 온몸이 아프단다. 피가 잘 돌지 않고 숨이 막힐 때가 있지."

그러고 보니 상류로 올라갈수록 강은 숨을 가쁘게 쉬고 있었다. 은빛연어는 그저 초록강이 급한 굽이를 도느라 지쳐 있겠거니 생각했는데, 그게 아닌가보다.

"강가의 숲에서 도끼로 나무 찍는 소리가 나던 옛날에는 그래도 살 만했단다. 그런데 지금은 전기 톱날이 돌아가는 소리 때문에 잠을 이룰 수 없을 정도야."

초록강은 한숨을 깊이 내쉰다. 그것은 좀처럼 볼 수 없던 일이다.

"요즈음은 감당할 수 없는 일들이 자주 생기곤 해. 인간들의 마을에서 색깔도 냄새도 없는데 고약하기 그지없는 물이 쏟아져들어올 때도 있단다. 나도 늙었나봐."

"인간들이 아저씨를 병들게 했군요."

눈맑은연어의 목소리가 높아지고 있다.

"글쎄…… 너는 인간이 밉니?"

"밉다마다요. 저는 인간들을 도대체 믿을 수가 없어요. 그들은 물고기를 옆에서 보지 않고 위에서 보거든요. 용서할 수 없는 자들이에요."

초록강은 눈맑은연어의 눈을 그윽하게 들여다보며,

"너는 인간들을 보았니?"

하고 묻는다.

"연어잡이 배의 그물에 수백 마리의 연어들이 잡히는 것을 본 적이 있어요. 그들은 앞으로 연어라는 물고기를 한 마리도 잡을 수 없을지도 몰라요. 연어를 마구잡이로 대하면 지구에 연어가 한 마리도 남지 않을 테니까요."

초록강이 말한다.

"나는 인간들이 두 종류가 있다고 생각해. 낚싯대를 가진 인간과 카메라를 가진 인간."

"카메라가 뭐죠?"

"말하자면 시간을 찍는 기계야."

"점점 어려워서 잘 모르겠는걸요."

"네가 카메라를 가진 인간을 아직 보지 못해서 그럴 거야. 나는 카메라를 가진 인간들을 믿고 싶어. 알고 보면 인간도 자연의 일부거든."

카메라, 라는 낯선 말 때문에 눈맑은연어는 혼란스러워진다. 낚싯대와 그물을 든 인간만 보아왔던 그녀이기에 강이 하는 말을 이해할 수 없었다. 카메라를 든 인간

은 도대체 어떤 인간을 가리키는 것일까? 초록강은 그들

을 어째서 믿는다는 것일까?

강을 거슬러오르면서 연어들은 몸이 붉어지고 주둥이가 앞으로 튀어나온다. 특히 수컷 연어는 이빨이 날카로워지고 등이 위로 솟아오르기도 한다. 그것은 사랑에 빠졌다는 징표이고 적으로부터 암컷을 지키겠다는 의지이다.

그런데 은빛연어는 등이 아주 심하게 굽은 연어 한 마리를 만났다. 그의 등은 다른 수컷들과 달리 오른쪽으로 기형적으로 틀어져 있다. 그래서 그가 헤엄을 치지 않고 멈추어 있으면 마치 왼쪽으로 방향을 바꾸기 위해 몸을 틀고 있는 것처럼 보인다.

그 이상하게 생긴 둥굽은연어에게 은빛연어는 먼저 말을 걸었다.

"안녕."

둥굽은연어는 대답이 없다.

"너는 어쩌다가 등이 그렇게 되었니?"

그래도 그는 대답을 하지 않는다. 은빛연어는 냅다 소리를 지른다.

"너는 입도 없니!"

그러나 여전히 그는 대답이 없다. 그의 배지느러미가 파르르 경련을 일으키고 있을 뿐이었다.

'아차!'

그 등굽은연어는 말을 하지 못하는 연어였던 것이다. 은빛연어는 동무의 뒤틀린 외모에 자꾸 관심을 보이는 것은 동무를 욕되게 하는 일이라는 것을 뒤늦게 깨달았다.

은빛연어는 마음으로 말했다.

'미안해.'

등굽은연어가 마음으로 말했다.

'괜찮아.'

등굽은연어는 자기가 왜 그렇게 되었는지 모른다고 마음으로 말했다.

은빛연어가 마음으로 말했다.

'아마 인간의 마을에서 흘러나온다는 색깔도 냄새도 없는 물 때문일 거야.'

등굽은연어는 비틀비틀 헤엄을 치면서 괴로운 표정을 지었다.

갑자기 물살이 거칠어진다. 몸을 곧추 가누지 않으면 물살에 금세 떠밀려 내려갈 것 같다. 마치 바다에서 해일을 만났을 때와 흡사한 느낌이다. 다른 연어들도 몸의 중심을 잃지 않으려고 무던히 애를 쓰고 있는 게 보인다.

거기에다 연어떼를 삼킬 듯한 물소리가 물속을 흔들어대고 있었다. 물소리가 나는 쪽에서는 수많은 공기 방울들이 흩어졌다가 모이고, 모였다가는 다시 흩어지는 것이 보인다. 은빛연어는 지느러미를 접고 긴장을 늦추지 않고 있었다. 그때, 앞서 헤엄치던 누군가가 소리친다.

"폭포다!"

이 말을 들은 연어들이 일제히 그 자리에서 멈춘다.

은빛연어는 말로만 듣던 폭포가 어떻게 생겼는지 무척 궁금했다. 그는 궁금한 게 있으면 참지를 못한다.

그는 강물을 밀어젖히고 강물 밖으로 고개를 빼꼼히 내밀어본다. 이럴 때 강은 언제나 가슴의 창문을 열고 그에게 세상을 보여주는 것이다.

강이 가슴을 열자, 은빛연어의 눈에는 거대한 물줄기가 하늘에서 쏟아져내리는 게 보인다. 그 물줄기는 기다렸다는 듯이 은빛연어의 눈앞에 찬란한 오색 무지개를 펼쳐 보인다. 무지개는 은빛연어가 이제까지 본 풍경 중에 가장 신비로운 것이다. 사나운 물소리와 수만 개의 물방울 때문에 은빛연어는 신비한 무지개를 느긋하게 볼 수 없었다. 욕심을 냈다가는 물줄기의 채찍에 휘감겨 강 아래쪽으로 내팽개쳐지는 신세가 될지도 모른다.

은빛연어는 눈맑은연어에게 폭포를 보았다는 것을 말해주고 싶었다. 순식간이었지만, 그의 눈을 사로잡았던 무지개에 대해서도 설명을 해주고 싶었다. 은빛연어는 들떠 있었다.

"나 무지개를 보았어, 무지개를."

"응."

어찌된 일인지 눈맑은연어의 반응이 시원치 않다.

"너도 무지개를 보았니?"

"아니."

"보고 싶지 않니?"

"별로."

눈맑은연어는 무슨 생각을 하는지 초롱초롱한 눈망울을 굴린다.

"무지개란 금방 사라지는 거야."

"금방 사라지는 것은 아름답지 않다는 얘기니?"

"그럴지도 몰라."

그렇게 말한 눈맑은연어는 은빛연어를 바라본다. 은빛연어는 지금보다 좀더 나은 삶을 생각할 줄 아는 훌륭한 연어다. 또한 무엇보다 그녀가 사랑하는 연어다. 하지만 그는 이 세상이 얼마나 험난한 곳인지 아직 잘 모르고 있다. 그래서 알을 낳는 게 삶의 이유가 아니라고 스스럼없이 말하는 것이다.

"무지개를 잡아보는 게 희망이라고, 그게 삶의 이유라고 말하던 연어가 있었어. 자나깨나 무지개를 쫓아다니는 게 그의 일이었지. 그는 자기 무리를 떠났어. 무지개를 잡으면 돌아오겠다는 약속을 남겨두고 말이야."

"그래서 무지개를 잡았니?"

"그 연어는 비 갠 하늘에 생기는 무지개를 보았고, 고래가 물을 뿜을 때 생기는 무지개도 보았어. 그럴수록 무지개를 잡아야겠다는 욕망이 커졌지. 하지만 잡을 수가 없었어."

"왜?"

"잡을 만하면 곧 사라지고 마는 게 무지개거든. 무지개를 잡기는커녕 그 연어는 결국 어느 날, 죽어서 바다 위에 떠오르고 말았대. 허옇게 눈을 뜨고 배를 하늘로 향한 채로 말이야. 연어 무리를 떠난 지 이틀 후의 일이었어."

"쯧쯧."

"쇠창이란 게 있대. 인간들이 들고 있는 그 쇠창은 어느 순간 햇빛을 받으면 번쩍거리며 무지개를 만들어낸

대. 그 연어도 쇠창에서 생긴 무지개를 본 거야. 그것은 하늘의 무지개나 고래의 무지개보다 훨씬 가까운 곳에 있었지. 그것을 잡아서 무리에게 어서 돌아가야겠다는 생각으로 무턱대고 달려들었다가 그만 쇠창에 찔리고 마는 신세가 되었다지 뭐야."

눈맑은연어의 눈에는 어느 틈에 눈물이 그렁거리고 있었다. 그 눈물은 은빛연어에게 무지개를 쫓는 일이 얼마나 허망한 일인지를 간절하게 이야기하고 있었다.

"아름다운 것은 멀리 있지 않아. 아주 큰 것도 아니야. 그리고 그것은 금방 사라지지도 않지."

폭포에서 떨어지는 물소리가 더욱 크게 들린다. 폭포는 연어 무리의 순조로운 여행을 가로막는 장애물이 되어 있었고, 물소리는 연어 무리를 위협하는 소리였다. 은빛연어는 무지개를 보았다고 눈맑은연어에게 자랑했던 일이 조금씩 후회되기 시작한다. 그녀는 모든 면에서 확실히 자신보다 성숙된 생각을 가지고 있다. 금방 사라지지 않는 사랑을 위해서 좀더 그녀를 지켜봐야겠다고 은빛연어는 생각한다.

때마침 연어 무리의 전체 회의가 있다는 통보를 받았기 때문에 더이상 무지개에 대한 환상을 가지고 있을 틈도 없었다.

초록강에 들어온 이후 처음으로 연어 무리의 전체 회의가 열렸다. 턱큰연어가 무리의 앞쪽으로 나온다. 연어들의 시선이 일제히 턱큰연어를 향하고 있다. 그는 굳은 표정으로 말문을 연다.

"우리 눈앞의 폭포를 통과할 수 있는 방안들을 자유롭게 토론해주십시오."

턱큰연어답지 않게 어투가 정중하다. 그리고 그는 떨고 있는 것 같다. 아가미 옆에 붙은 가슴지느러미가 보일 듯 말 듯 흔들리고 있는 것이다. 턱큰연어도 폭포라는 장벽 앞에서는 어쩔 수 없이 약해지나보다. 자신의

나약함을 숨기기 위해 턱큰연어는 그렇게 연어 무리의 위에 군림하려 했는지도 모른다. 어린 연어들이 떼를 쓰며 우는 것이 나약한 존재라는 것을 드러내는 증거이듯이.

연어들 중에 빼빼마른연어가 제일 먼저 발언권을 얻었다.

그는 먹는 일에만 정신을 쏟는 연어들과는 달리 늘 연구하는 데 시간을 보내느라 몸이 허약하다. 그는 연어들의 삶을 한 단계 향상시키는 일에 몰두하는 과학자인데, 정작 그 자신의 몸을 돌볼 틈이 없었던 것이다. 외모에 상관없이 빼빼마른연어는 자부심이 대단하다. 그는 매사에 치밀하다.

"우리를 가로막고 있는 폭포는 폭이 10미터, 높이는 3미터임을 확인했어."

"아!"

하는 탄성이 연어 무리 속에서 새어나온다.

과학자 빼빼마른연어는 물소리가 나는 폭포 쪽을 눈짓으로 가리킨다.

"우리는 사 년 전 어리디어린 새끼 연어 상태로 이 폭포를 뛰어내렸지. 그때 새끼 연어의 숫자는 6,367,941마리였어. 그중에 강에서 살아남은 1,512,832마리가 바다로 나갔으며, 올해에는 3,265마리가 열 개의 무리를 지어 초록강으로 돌아오게 돼. 우리는 그중의 한 무리라는 사실을 잊어서는 안 돼."

빼빼마른연어는 뛰어난 기억력의 소유자이기도 하다. 그의 몸 어디엔가는 기억을 저장시켜두는 큰 창고가 있는 모양이다. 그는 강바닥을 한 바퀴 빙 둘러보더니,

"음, 우리가 이곳을 떠났을 때보다 폭포의 높이가 35센티미터나 높아졌군."

하고 중얼거린다.

"이제 폭포를 뛰어오르는 방법을 이야기해줘" 하고 연어들이 이구동성으로 말하는 통에 주변이 소란스러워진다.

"폭포 아래로 떨어지는 물의 속력보다 빠른 속력을 낼 수 있어야 해."

"그 방법을 우리는 알고 싶어."

"꼬리지느러미에 모든 에너지를 집중시켜야 돼."

과학자는 자신의 앙상한 꼬리지느러미를 흔들어 보인다.

"만약에 폭포가 시속 30킬로미터라면 적어도 우리는 시속 40킬로미터 이상의 속도를 내야 한다구."

"그럼 폭포의 속도가 얼마나 되니?"

"그건 지금 연구중이야."

"쳇, 아무런 도움도 안 되는군."

실망한 연어들이 저마다 입을 삐죽거린다.

"내 연구는 이론을 제시하는 게 목적이야. 나머지는 내가 알 바가 아니란다."

"너도 폭포를 뛰어올라야 하지 않니?"

"물론이지."

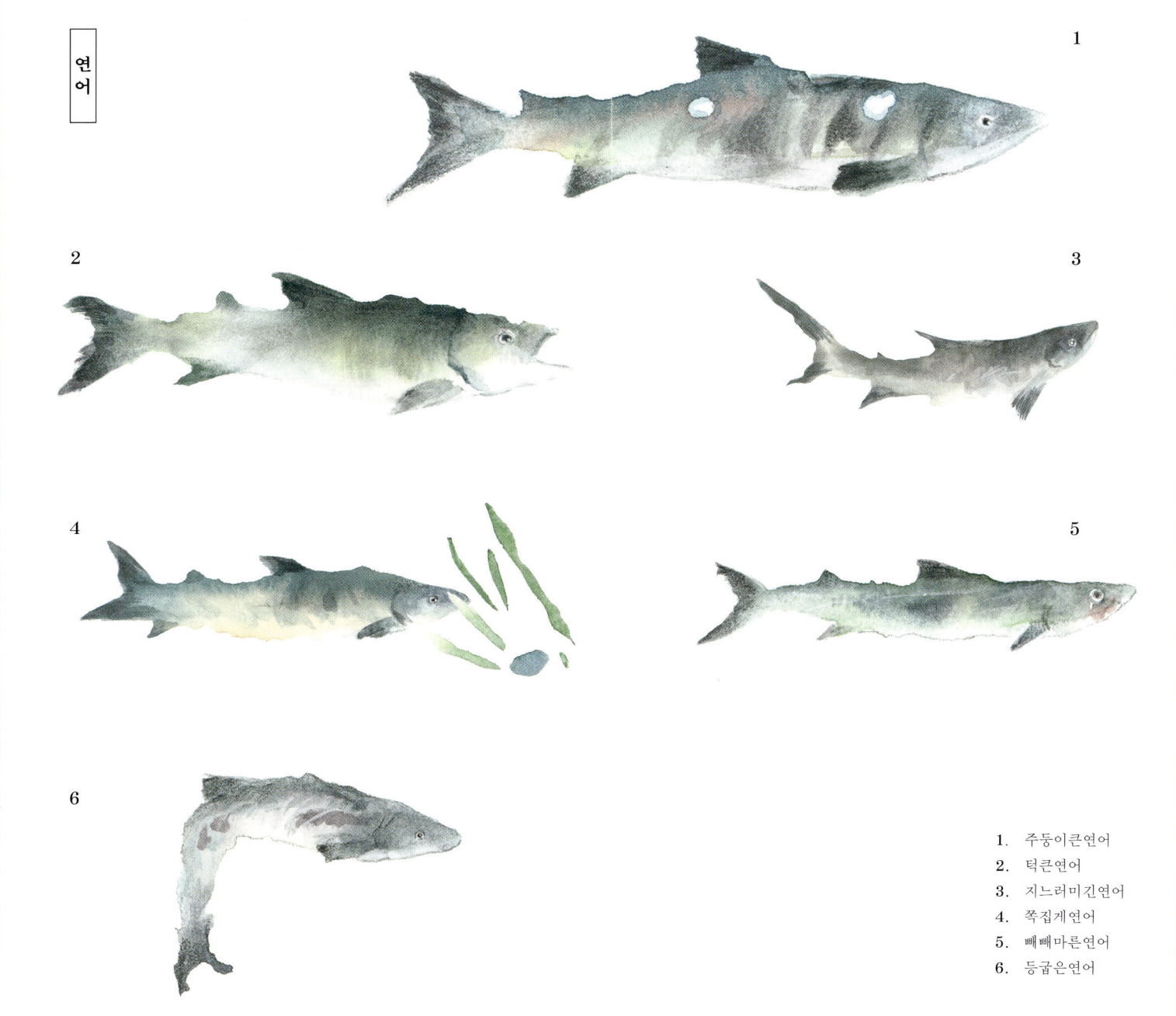

연 어

1

2

3

4

5

6

1. 주둥이큰연어
2. 턱큰연어
3. 지느러미긴연어
4. 쪽집게연어
5. 빼빼마른연어
6. 등굽은연어

"너는 그 방법을 알고 있는 거지?"

"아직은 몰라. 그걸 연구하기 위해 나는 이제 가봐야겠어."

과학자는 회의장을 황급히 빠져나가 어두컴컴한 바위 밑으로 헤엄쳐 들어간다. 그의 뒷모습이 어느 때보다도 쓸쓸해 보인다.

두번째 발언권은 주둥이큰연어가 얻었다.

그는 누구보다도 말을 잘하는 웅변가다. 그의 말솜씨는 언제나 논리적이고, 발음 또한 정확해서 전혀 흠잡을 데가 없다.

그는 연어들의 앞쪽으로 나오며 말했다.

"연설할 장소가 너무 낮은걸."

그는 늘 청중들보다 높은 곳에서 말하는 데 익숙해져 있기 때문에 연단을 높여달라는 것이다. 웅변가의 말을 빨리 듣고 싶어 연어들은 제일 높은 바위 쪽 자리를 그에게 내준다.

"책상도 하나 필요해."

"책상이 무슨 필요가 있어?"

"나는 감정이 극에 다다르면 꼬리지느러미로 책상을 한번 내리쳐야 하거든."

누군가 납작한 돌멩이 하나를 웅변가의 앞에 날라다 준다. 모두들 그의 말에 귀를 기울이는 모습이다. 그는 말을 할 때에만 성실하고 열정적이다.

"만장하신 신사, 숙녀 여러분!"

그의 목소리는 폭포에서 떨어지는 물소리보다 우렁차다.

"우리는 지금 폭포라는 엄청난 시련 앞에 서 있습니다. 자연이 우리에게 내린 이 시련을 헤쳐갈 수 있느냐, 없느냐에 따라 우리의 삶의 성패가 결정될 것입니다."

웅변가의 연설이 시작되자 연어들이 하나둘 고개를 숙이기 시작한다.

"여러분, 우리는 힘을 합쳐……"

고개를 숙인 연어들이 벌써 꾸벅꾸벅 졸기 시작한다. 웅변가는 이에 아랑곳하지 않고 목소리를 높인다.

"여러분, 우리는 모든 슬기를 하나로 모아…… 여러분, 우리는 단결, 또 단결하여 하나가 되어……"

시간이 얼마나 지났을까. 은빛연어가 가까스로 졸음에서 깨어나보니, 웅변가의 온몸이 빨갛게 달아오른 것이 보인다. 그는 연설 원고의 마지막 부분을 힘주어 읽기 위해 호흡을 고르고 있는 것이다.

"……이 연사, 뜨거운 가슴으로 목놓아 외칩니다, 여러분!"

"와아!"

그가 연설을 마치자, 방금 전까지만 해도 졸고 있던 연어들이 약속한 것처럼 환호성을 내지른다. 들어보나 마나 한 연설을 끝낸 데 대한 보답이다. 웅변가는 정중하게 인사를 하고 뒤로 물러난다. 하고 싶었던 말을 흡족하게 다 한 것이다. 듣고 있는 연어들에겐 전혀 흡족한 것이 아니었지만.

"나는 저렇게 박수를 받으면 부끄러워서 숨을 곳을 찾을 거야."

하고 은빛연어가 말하자,

"중요한 것일수록 목소리를 낮춰야 한다는 것을 저 웅변가는 모르고 있어."

하면서 눈맑은연어도 고개를 갸우뚱거린다.

세번째 발언권을 얻은 것은 지느러미긴연어였다.

그는 연어들의 교육을 맡고 있는 교사다. 연어들은 그를 선생님, 이라고 부른다. 바다에서 강으로 이동을 하기까지 지느러미긴연어는 참으로 많은 것을 연어들에게 가르쳐주었다. 그는 모르는 게 없다. 그의 수업은 대체로 이런 식이다.

"우리의 위대한 지도자의 성함은?"

"턱 자, 큰 자, 연 자, 어 자요."

"지구상에 연어의 주요 분포지는?"

"북태평양과 북대서양 연안이요."

"연어와 같은 모천 회귀성 어류를 하나만 예로 든다면?"

"은어요."

"연어가 만물의 영장인 까닭은?"

"생각하는 존재니까요."

그는 연어뿐만 아니라 인간에 대해서도 많은 지식을 갖추어야 한다고 한다. 인간은 연어의 가장 큰 적이므로 그들을 알아야 이길 수 있다는 것을 누누이 강조한다.

"인간의 종류를 크게 네 갈래로 나눈다면?"

"황인종, 백인종, 흑인종, 홍인종이요."

"인간이 최초로 달에 착륙한 해는?"

"1969년이요."

"인간들이 세계 3대 미항이라고 일컫는 곳은?"

"호주의 시드니, 이탈리아의 나폴리, 브라질의 리우데자네이루."

그의 수업은 끝도 없다. 지느러미긴연어는 이런 수많은 지식을 가지고 있다. 그래서 그를 존경하고 따르는 연어들이 많았으며, 누구나 그에게는 꼬박꼬박 높임말

을 쓴다. 연어들은 폭포라는 장벽을 통과할 수 있는 지
혜를 그가 가르쳐주리라 믿고 있다.

"어차피 삶이란, 시험의 연속입니다. 우리의 미래를
보장받는 길은 그 시험을 슬기롭게 통과하는 길밖에 없
는 것입니다. 폭포는 자연이 우리에게 내린 시험일 뿐입
니다. 옛말에, 하면 된다, 라는 말이 있습니다. 한 번에
안 되면 두 번에, 두 번에 안 되면 세 번, 네 번이라도 우
리는 도전하는 연어가 되어야 하겠습니다."

"선생님, 도전해야 한다는 건 누구나 다 압니다. 그 방
법을 우리는 듣고 싶은 거예요."

선생님의 말 사이에 끼어든 것은 은빛연어였다. 그의 당돌한 행동에 선생님은 잠시 흠칫, 하더니 계속 말을 잇는다.

"나약하고 게으른 연어는 낙오자가 됩니다. 모든 것이 자신에게 달려 있습니다. 여러분, 저기 저 등굽은연어를 좀 보십시오. 저 등굽은연어는 자신을 지키지 못했습니다."

"선생님!"

불현듯 은빛연어가 소리친다. 그러나 연어들이 웅성 거리는 소리 때문에 선생님은 듣지 못한 모양이다.

"여러분은 등굽은연어처럼 되지 않으려거든 노력해야 합니다."

"선생님, 어떻게 그런 말을……"

은빛연어는 이미 새파랗게 질려 있었다.

"등굽은연어가 병을 앓고 있는 것은 자신의 노력이 부족하기 때문이 아니에요. 등굽은연어는 인간이 흘려보낸 물 때문에 저렇게 된 것입니다. 등이 굽었기 때문에 그는 지금 무척 고통스러워하고 있어요. 헤엄치고 싶은

데 헤엄치지 못하는 고통보다 더 아픈 게 있어요. 그 아픔을 한 번이라도 생각해보셨나요? 남을 도와주고 싶어도 도와주지 못하는 아픔 말이에요. 그게 은빛연어의 아픔이라구요."

선생님도 이에 지지 않는다.

"은빛연어를 욕되게 하자는 뜻이 아니었어요. 단지 교훈으로 삼자는 겁니다."

은빛연어는 지느러미긴연어의 말을 더이상 들을 수가 없었다. 그의 말은 구차한 변명이라는 생각이 들었기 때문이다.

'선생님은 교훈을 받아들이는 일만이 삶의 전부라고 생각하는 것 같다. 그는 단풍잎들이 강을 수놓고 있는 것을 보면서도 교훈을 생각할지 모른다. 그가 만약에 이름 없는 꽃을 하나 발견한다면 그는 아마 식물도감부터 뒤적일 것이다. 그 꽃이 몸에 해로운지 이로운지를 먼저 알려고 할 테니까. 그는 별을 바라보면서도 거기서 교훈될 만한 일을 찾을지 모른다. 꽃은 꽃대로 아름답고 별은 별대로 아름답다는 것을 그는 모르는 것이다. 은빛은

연어는 비틀어진 등으로 어떻게든 헤엄을 치려고 한다. 그 고통이 왜 아름다운 것인지, 그 상처가 왜 아름다운 것인지 선생님은 모른다. 선생님은 선생님이니까.'

네번째로 쪽집게연어가 앞으로 나선다.

그는 연어들의 이름을 짓고 연어들에게 닥칠 앞날의 운명을 알아맞히는 운명철학자다. 턱큰연어가 연어 무리의 지도자가 될 것이라고 예언한 이후 그는 단번에 유명해졌다. 어려운 일이 닥칠 때마다 턱큰연어가 그를 찾아가 도움을 얻었다는 소문이 한때 자자하게 퍼지기도 했다.

그는 다른 연어들의 이름은 도맡아 지었으나, 정작 자신의 이름만은 짓지 못했다. 이를 안쓰럽게 여긴 연어들이 그에게 쪽집게연어라는 이름을 붙인 것이다.

그는 연어들의 눈을 하나하나 들여다보며 앞으로 나온다. 그의 얼굴은 언제 보아도 근심이 없다.

"하늘의 노여움이 우리에게 고통의 물줄기를 보내신 거야!"

그는 언제나 하늘하고 이야기를 할 수 있는 능력이 자신한테 있다고 말해왔다. 대부분 연어들은 그 말을 믿으려 하지 않았지만,

"어차피 좋은 게 좋은 거야. 손해볼 것 없는데 믿어보지 뭐."

라고 말하는 연어도 적지 않았다.

턱큰연어도 그중 하나다. 턱큰연어는 운명철학자의 말을 자세히 들으려고 꼼짝하지 않고 그를 바라보고 있다.

"우리는 틀림없이 이 폭포를 뛰어넘을 수 있어. 다만 시간이 좀 필요할 뿐이야."

이 말을 들은 연어들의 표정이 비 그친 뒤의 햇살처럼 밝아진다. 누군가 운명철학자에게 묻는다.

"얼마나 기다리면 되지?"

"그건 나도 몰라."

"너는 앞날을 예언할 수 있잖아."

"물론 나는 우리들의 운명을 알고 있어. 하지만 앞날의 운명을 결정하는 것은 하늘밖에 없어. 폭포를 뛰어넘을 때까지 필요한 시간도 하늘만이 알고 있을 뿐이야. 그이전에는 아무리 기를 써도 폭포를 뛰어오를 수가 없어."

잔뜩 기대에 부풀어 있던 턱큰연어의 표정이 일그러진다.

"연어들이 알을 낳을 시간이 가까워오고 있어. 나는 그 장소까지 무리를 이끌고 가야 하는 책임이 있다구.

그런데도 무작정 기다리기만 하란 말이야?"

턱큰연어는 회의를 시작할 때의 정중한 말투를 내던지고 이제 반말을 쓰고 있었다. 그는 화가 난 얼굴이다. 하지만 운명철학자는 오히려 태연하다.

"하늘의 뜻일 뿐이야."

이 말을 끝으로 운명철학자는 지그시 눈을 감는다.

사회를 보는 턱큰연어의 입에서 굵은 공기 방울들이 불규칙적으로 뿜어져나온다. 그의 호흡이 거칠어졌다는 뜻이다.

이렇게 회의가 뚜렷한 결론을 내지 못하고 있을 때, 누군가 회의장 안으로 소리를 치며 들어온다.

"길을 찾았어! 내가 연구 끝에 길을 찾아내고야 말았다구!"

그것은 빼빼마른연어였다. 연어들의 시선이 한꺼번에 그 과학자에게 집중되었다. 그는 모든 힘을 쏟아부어 바래버린 얼굴로 자랑스럽게 말했다.

"나는 폭포 밑을 샅샅이 측량했어. 그러다가 폭포의 오른쪽 가장자리에 새로운 길이 하나 놓여 있는 것을 발견했다구. 그것은 컴컴한 터널처럼 생겼는데, 그곳을 흐르는 물의 속도가 시속 10킬로미터도 채 안 된다는 것을 확인했어. 인간들이 우리를 위해 만들어놓은 길이 아닌가 싶어."

"인간들이?"

"컴컴한 터널 속에 계단이 규칙적으로 죽 이어져 있어. 계단 하나의 높이가 30센티미터쯤 되는데, 그 정교함은 인간의 솜씨임을 말하는 거라구."

인간은 연어 무리의 가장 큰 적이다. 그 인간이 길을 만들어놓았다니! 연어들은 빼빼마른연어의 말이 믿어지지가 않았다. 제일 먼저 지느러미긴연어가 의심스러운 눈으로 말했다.

"자신의 능력을 뽐내려고 인간들은 잔인한 짓을 수없이 많이 하지. 인간이 사는 지상에 도둑이 들끓는 이유가 뭘까? 매일 살인사건이 일어나는 이유가 뭘까? 인간은 연어들이 상상할 수 없을 정도로 잔인해. 심지어 전쟁까지 일으키는 그들을 우리는 믿어서는 안 돼."

다른 연어들도 저마다 한마디씩 거든다.

"그 터널은 인간들이 우리를 유인하기 위해 만들어놓

은 덫인지도 몰라."

"죽음으로 가는 길일 거야."

"인간한테 죽음을 당하는 것보다는 여기서 그냥 죽는 편이 나을지도 몰라."

연어들이 자기의 말을 믿지 않자, 빼빼마른연어가 말했다.

"그 터널은 덫이 아니라 길이 틀림없어. 내가 그 길의 끝까지 갔다가 왔단 말이야. 그게 덫이라면 나는 이 자리에 돌아오지 못했을 거야. 나는 지금 멀쩡해. 내 몸이 그 증거라구."

빼빼마른연어는 답답하다는 듯이 몸을 마구 흔든다. 그의 마른 몸은 곧 부서질 것처럼 보인다.

빼빼마른연어의 말을 가만히 듣고 있던 은빛연어가 눈맑은연어에게 말했다.

"저 과학자의 말이 사실인지도 몰라."

"나도 그렇게 생각해."

"저 과학자의 약점은 이제까지 연구의 결과를 숫자로만 제시한 점이었어. 숫자에 관심이 없는 연어들에게 그의 연구는 무용지물이었지. 그런데 그가 변했어. 그는 연구의 결과를 검증하기 위해 자기 몸을 아끼지 않고 컴컴한 터널 속으로 들어갔다가 나온 거야. 그는 온몸으로 지금 말하고 있는 거야."

은빛연어와 눈맑은연어는 서로 가슴지느러미를 흔든다. 생각이 같다는 표시다.

과학자 빼빼마른연어는 기력이 다해가는지 눈동자가 이미 풀려 있다. 연어들이 그의 주위를 빙 둘러싼다. 한 생명의 불꽃이 사위어가는 것을 그들은 아무 말도 못하고 지켜보고 있다. 빼빼마른연어는 혼자 중얼거리듯이 겨우 말했다.

"내가…… 발견한 길은…… 틀림없이…… 쉬운 길이야……"

이 말을 끝으로 그는 더이상 말이 없다.

연어 무리에게 쉬운 길을 가르쳐주고 그는 막 숨을 거두고 있었다.

그의 영혼은 몸을 떠났지만, 그의 몸뚱어리는 이제 새로운 길을 찾아갈 것이다. 그의 죽은 몸은 물속의 온갖 미생물의 먹이가 될 것이고, 그 미생물은 언젠가 새끼 연어들의 몸을 통통하게 만드는 먹이가 될 것이다. 물살에 떠밀려 내려가는 빼빼마른연어의 몸을 연어들은 묵묵히 바라보았다.

인간들은 사람이 죽으면 무덤 앞에 비를 세우기를 좋아한다. 인간들이 살아 있을 때 품은 헛된 욕망의 크기와 비석의 크기가 비례한다는 것을 연어들은 알고 있다. 심지어 인간들은 살아 있는 자의 비석까지 세우는 어리석음을 범하기도 한다. 연어들은 죽은 연어를 위해서 절대로 비석 따위를 세우지 않는다. 연어들은 죽음을 묵묵히 바라봄으로써 슬픔을 삭이는 것이다.

"자, 꾸물대지 말고 어서 가자."

연어 무리의 회의가 채 마무리되기도 전에 이미 몇몇 연어들이 자리를 뜬다. 턱큰연어도 어쩔 줄을 모르고 허둥대는 표정이 역력하다. 과학자 빼빼마른연어가 찾아 놓은 길로 향하는 게 원래 의심 많은 그도 선뜻 내키지 않는 모양이다.

그때 은빛연어가 연어들의 앞으로 나오면서 말했다.

"우리 조금만 더 생각해보면 안 될까?"

자리를 뜨려던 연어들이 냅다 소리를 지른다.

"생각은 무슨 생각. 어서 가기나 하자구!"

"나는 쉬운 길로 가서는 안 된다고 생각해."

은빛연어는 또렷또렷하게 말했다. 그의 말이 던지는 느낌이 뜻밖에 강해서 연어들의 시선이 하나둘 그를 주시하기 시작한다.

"연어에게는 연어의 길이 있다고 생각해."

"그게 무슨 뜻이지?"

은빛연어의 머릿속은 어느새 그의 아버지에 대한 생각으로 가득 들어차 있다. 500여 마리의 연어떼를 이끌고 폭포를 통과하기 직전의 아버지. 그 아버지는 쉬운 길을 가지 않는 위대한 연어였다.

"인간들이 만들어놓은 쉬운 길은 연어들을 위한 길이 아니야."

"혼자서 잘난 체하지 마!"

성미가 급한 연어들은 드러내놓고 은빛연어에게 대들기 시작한다.

"도대체 쉬운 길로 가는 걸 반대하는 이유가 뭐냐?"

"쉬운 길을 찾아놓고 떠난 과학자를 나는 존경하고 있어. 그가 온몸 바쳐 그 길을 찾아낸 것을 나도 인정해. 하지만 우리 연어들에게는 폭포를 뛰어넘을 수 있는 끝없는 능력이 있다구. 해보지도 않고 포기하지 말자는 거야."

"그건 고통스러운 일이라는 걸 너도 알잖니?"

"물론이지."

"굳이 그 고통을 사서 할 필요가 있는 걸까? 우리는 어서 상류로 가서 알을 낳아야 해. 한시가 급하다구."

눈맑은연어는 아까부터 은빛연어의 표정을 살피고 있다. 은빛연어가 어떤 대답을 할지 그녀도 매우 궁금한 것이다.

은빛연어가 무겁게 입을 뗀다.

"알을 낳는 일은 매우 중요해."

은빛연어의 입에서 나온 말을 듣고 눈맑은연어는 깜짝 놀란다. 이건 은빛연어에게서 처음 듣는 말이다. 알을 낳는 일보다 중요한 삶의 의미가 있다고, 자신은 그걸 찾는 게 무엇보다 중요하다고 말하던 그가 아닌가. 눈맑은연어는 젖은 눈으로 은빛연어를 계속 바라본다. 분홍으로 물든 은빛연어의 비늘이 그 어느 때보다도 눈부시게 여겨지는 순간이다.

은빛연어가 계속 말했다.

"쉬운 길을 앞에 두고 어려운 폭포를 뛰어오르고 싶은 연어는 하나도 없을지 몰라."

"이제야 정신을 차리는군."

돌아서려던 연어들의 비아냥거리는 소리가 들린다.

"그렇지만……"

은빛연어가 말을 잠시 멈춘다. 지금 그의 머릿속에는 아버지 연어와 자신의 모습이 겹쳐지고 있다. 그래서 그는 그 알 수 없는 감격 때문에 마음을 가누기가 힘든 것이다. 은빛연어의 눈은 아버지와 자기 자신 사이에 연결된 보이지 않는 한 가닥의 끈을 보고 있었다. 그 끈은 살아 퍼덕이는 강물 같기도 했고, 강물이 내쉬는 푸른 숨소리 같기도 했다. 한 번도 얼굴을 보지 못했지만, 은빛연어는 어느새 옛날의 그 늠름한 은빛 아버지의 모습을 닮아가고 있는 것이다.

"우리 연어들이 알을 낳는 게 중요하다는 것은 나도 알아. 하지만 알을 낳고 못 낳고가 아니라, 얼마나 건강하고 좋은 알을 낳는가 하는 것도 중요하다고 생각해.

우리가 쉬운 길을 택하기 시작하면 우리의 새끼들도 쉬운 길로만 가려고 할 것이고, 곧 거기에 익숙해지고 말 거야. 그러나 우리가 폭포를 뛰어넘는다면, 그 뛰어넘는 순간의 고통과 환희를 훗날 알을 깨고 나올 우리 새끼들에게 고스란히 넘겨주게 되지 않을까? 우리들이 지금, 여기서 보내고 있는 한 순간, 한 순간이 먼 훗날 우리 새끼들의 뼈와 살이 되고 옹골진 삶이 되는 건 아닐까? 우리가 쉬운 길 대신에 폭포라는 어려운 길을 선택해야 하는 이유는 그것뿐이야."

은빛연어는 이미 예전의 나약하고 부끄럼 많던 연어가 아니었다. 그의 목소리는 낮았지만, 그의 마음은 귀를 기울이고 있는 연어들의 마음속으로 잔잔히 전해지고 있었다.

연어들이 웅성거리기 시작한다.

"맞아. 쉬운 길은 길이 아니야."

"쉬운 길을 가지 않는 연어가 아름다운 연어라고 생각해."

"은빛연어의 말을 따르겠어."

"나도 폭포를 뛰어오를 거야."

그의 말을 다 듣고 난 연어들이 폭포 밑으로 모여든다. 처음에 쉬운 길로 가자고 말하던 연어들도 쭈빗거리며 은빛연어 쪽으로 헤엄쳐 온다.

더이상 토론을 계속할 필요는 없었다. 회의를 끝내면서 턱큰연어가 말했다.

"은빛연어의 말이 옳아. 몸이 허약한 연어들을 제외하고는 모두 폭포를 뛰어오르면 좋겠어. 등굽은연어와 알을 많이 품어 몸이 무거운 연어 몇 마리만 쉬운 터널 길로 올라가도록."

은빛연어는 눈맑은연어가 염려스럽다. 그녀도 알을 많이 품은 연어 중의 하나다. 눈맑은연어는 기어이 폭포를 뛰어오르겠다고 버틴다.

"너는 알을 낳아야 하잖아?"

"나는 네가 한 말을 잊을 수가 없어. 쉬운 길은 길이 아니라고, 너는 말했지. 거슬러오르는 기쁨을 알려면 주둥이가 찢어지는 상처를 입어봐야 한다고 생각해. 나는 그것을 뱃속에 있는 알들에게 가르치고 싶어."

그녀의 고집은 꺾을 수가 없었다.

드디어 폭포를 뛰어오르는 순서가 정해지고, 순서를 기다리는 동안 은빛연어가 눈맑은연어에게 물었다.

"왜 이렇게 가슴이 아프지?"

눈맑은연어가 말했다.

"나도 그래. 뭔가 가슴에 자꾸 사무치는 것 같아."

은빛연어는 목이 멘다. 이제 폭포를 뛰어오르기만 하면 고향이 바로 눈앞인데도 그는 즐겁지가 않다. 뛰어오르는 일이 두려워서도 아니다.

"사무친다는 게 뭐지?"

"아마 내가 너의 가슴속에 맺히고 싶다는 뜻일 거야."

"무엇으로 맺힌다는 거지?"

"흔적…… 지워지지 않는 흔적."

은빛연어와 눈맑은연어의 차례가 가까워오고 있었다.

그때 어디선가 첨벙, 하는 소리가 들린다. 그것은 폭포를 뛰어오르는 데 실패한 연어가 내는 소리였다. 실패한 연어는 맨 뒤로 가서 다시 뛰어오를 차례를 기다려야 한다. 세 번, 네 번이라도, 성공할 때까지.

"은빛연어야."

눈맑은연어가 은빛연어를 부른다.

"너는 삶의 이유를 찾아냈니?"

"응, 조금. 삶이란 건……"

은빛연어가 대답을 하려고 하는 순간, 드디어 은빛연어와 눈맑은연어가 뛰어오를 차례가 된다.

"힘내!"

하고 눈맑은연어가 짧게 말했다.

폭포에서 떨어지는 물줄기 때문에 은빛연어는 눈을 제대로 뜰 수가 없다. 초록강을 타고 올라오는 동안 아무것도 먹지 않았지만 아직도 몸속에는 에너지가 남아 있었다. 그 에너지의 절반쯤을 이제 써야 한다. 그리고 그 어느 때보다도 꼬리지느러미를 빠르게 좌우로 움직여야 한다.

온몸으로 뛰어올라야 한다, 온몸으로.

은빛연어와 눈맑은연어는 그야말로 혼신의 힘을 다해 물을 차고 오른다. 아무 소리도 들리지 않고, 아무것도 생각나지 않았다. 폭포를 뛰어오르는 그들의 존재만이 거친 물살 속을 헤쳐 번쩍거리며 공중으로 솟아오를 따름이었다.

그때 기적 같은 일이 벌어졌다.

폭포의 사나운 물줄기 대신 어느 틈에 고요한 물살이 그들의 몸을 아늑하게 감싸고 있는 것이다. 그것은 기적이 아니라 현실이었다. 그들은 마침내 폭포를 뛰어오른 것이다. 물속의 자갈들이 햇빛을 받아서 반짝반짝 빛나는 게 보인다. 그 자갈들은 서로 맞부딪치면서 차랑차랑 소리를 내고 있다. 미리 폭포를 오른 연어들이 저만치 앞서 헤엄치고, 뒤에도 연어들이 줄지어 따라오고 있다. 어렵고 중요한 것은 이렇듯 단순한 것인가, 하는 생각이

들었다.

은빛연어는 바깥세상이 보고 싶었다. 그러자면 강물이 가슴의 창문을 열어주기를 기다려야 했다. 은빛연어는 강물의 도움을 받지 않고 스스로 강물을 한번 열어보고 싶었다.

"이제 강물이 열어주는 창문은 싫어. 내 스스로 강물을 열어젖혀보고 싶어. 그건 나 자신을 여는 일이 될지도 몰라. 나는 그동안 닫혀 있었다는 생각이 들어. 나 혼자밖에 모르고 살아왔던 거야."

눈맑은연어와 함께 물 밖으로 고개를 내밀려고 하자, 잔잔해진 강물이 얼른 가슴의 창문을 열어준다.

그들은 물가에 몰려 있는 한 떼의 인간들을 보았다. 은빛연어는 이상한 생각이 들어 눈맑은연어에게 물었다.

"인간들의 손에 왜 그물이나 낚싯대가 없는 거지?"

"저들이 카메라를 든 인간인가봐. 언젠가 강이 말해주었어. 인간 중에는 낚싯대를 든 쪽과 카메라를 든 쪽이 있다고 말이야."

"카메라가 뭐지?"

"시간을 찍는 기계라고 했어."

강가의 인간들은 카메라를 눈에 갖다대고 폭포를 뛰어오르는 연어들을 찍는 일에 열중해 있었다.

"와, 저기 좀 보라구!"

"정말 장관이야."

"저놈은 비늘이 온통 은빛인걸."

그들의 들뜬 목소리가 은빛연어가 있는 곳까지 들린다. 은빛연어는 그 인간들 가까이로 헤엄쳐 가서 은빛 몸뚱어리를 실컷 보여주고 싶었다. 카메라가 시간을 찍는 기계라면, 자기 자신이 카메라 속으로 들어가서 정지된 시간이 되고 싶었다. 이 세상에 믿을 만한 인간이 있다는 사실이 그를 몹시 흥분시키는 것이다.

은빛연어는,

"세상은 정말 살 만한 곳인가보다."

라고 눈맑은연어에게 말했다. 그녀도 가볍게 몸을 흔든다.

은빛연어는 착한 인간들을 자세히 보려고 물가로 헤엄쳐 가본다. 인간들이 일제히 은빛연어 쪽으로 카메라를 갖다댄다. 카메라의 위에서 가끔 번쩍거리는 빛이 터지는 것이 보인다. 은빛연어는 그때마다 깜짝깜짝 놀랐지만, 그들이 자신을 해치지 않는다는 것을 알고 있다. 카메라를 든 인간은 틀림없이 연어를 옆에서 볼 줄 아는 인간들일 것이다.

그런데 카메라를 들지 않은 한 인간이 그의 눈에 들어온다. 카메라를 든 인간보다 훨씬 작은 그 인간은 물가에 턱을 괴고 앉아 있다. 눈동자가 머루 알처럼 까만 그

작은 인간은 신기한 눈으로 은빛연어를 바라보고 있다. 그는 아주 작고 예쁜 입술을 오물거리며 은빛연어에게 무슨 말을 하려는 것 같다.

"너는 얼굴이 참 깨끗하구나."

하고 은빛연어가 먼저 말했다.

"나는 어른이 아니거든."

하고 어린 인간이 말했다.

그 어린 인간은 마음으로 말을 하고 있었다.

'인간은 어른이 되면 얼굴에도 털이 나는 모양이구나.'

라고 은빛연어는 생각한다.

"너는 어떻게 여길 왔지?"

"아빠를 따라 나왔어. 저기 빨간 옷을 입은 분이 우리 아빠야. 엄마랑 누나도 같이 왔어."

아, 그 어린 인간은 아버지가 있었던 것이다. 은빛연어는 문득 가슴이 쓰려오는 것 같다. 그는 부러운 눈으로 어린 인간을 바라본다.

"아버지는 뭘 하시는 분이니?"

"사진작가야."

"너는 참 좋겠구나."

"왜?"

"아버지의 얼굴을 알고 있으니까."

"넌 아버지가 없니?"

"아버지는 있었지만 얼굴을 몰라. 연어는 알을 낳은 뒤에 모두 죽어버리거든. 우리를 키우는 것은 강이거든."

"그럼…… 강을 아버지라고 부르면 되겠네, 뭐."

"네 말대로 정말 그렇게 불러볼까?"

"그래, 그래."

어린 인간은 은빛연어를 위로해주고 싶은 모양이다.

"이제 가봐야겠어."

"조금 더 이야기 나누고 싶은데."

예쁜 꼬마는 못내 아쉬워하는 눈치다.

"꼬마야, 부탁이 하나 있어."

"뭔데?"

"너도 크면 꼭 카메라를 들고 살았으면 좋겠어. 낚싯

대 대신에 말이야."

"그래, 잊지 않을게. 안녕."

하고 어린 인간이 손을 흔든다.

"고마워. 안녕."

하고 은빛연어는 상류를 향해 지느러미를 흔든다.

물길이 점점 좁아지고 있다. 눈앞에 큼직한 바윗돌 몇 개가 그들을 가로막는다.

"너는 누구니?"

"나는 징검다리야."

하고 징검다리가 대답한다.

"거기서 뭘 하고 있는 거지?"

은빛연어가 물었다.

"사람들을 건네는 일을 한단다."

가만히 보니 징검다리에는 인간들의 발자국이 여럿 찍혀 있다. 아까 만났던 어린 인간의 발자국도 예쁜 무늬처럼 찍혀 있는 게 보인다. 징검다리는 물속에 서서 인간들을 이쪽저쪽으로 실어나르느라 몸이 반질반질하게 닳아 있다. 은빛연어는 좀 측은한 생각이 들었다.

"아프지 않니?"

"괜찮아."

"인간들이 너를 마구 짓밟는데도?"

"짓밟히지 않으면 내가 살아갈 이유가 없어. 나는 짓밟히면서 발걸음을 옮겨주는 일을 하거든."

"아, 그렇구나."

은빛연어는 생각했다.

'무뚝뚝해 보이는 징검다리도 좋은 일을 하고 있구나. 그가 짓밟히면서도 즐거워하는 것은 살아가는 이유가 분명하기 때문이야. 징검다리는 물의 흐름을 막지도 않으면서 의연하게 제 할일을 다하고 있구나. 나는 저 징검다리에 비하면 얼마나 가벼운 존재인지……'

은빛연어는 눈맑은연어와 나란히 징검다리 사이로 난 물길을 헤친다. 위로 올라갈수록 물이 얕아서 등지느러미가 물 밖에 드러난다. 이제 초록강은 강이라고 부를 수 없을 정도다. 은빛연어는 오히려 깊은 물속에서는 느끼지 못했던 어떤 충만감이 그의 몸을 감싸는 것을 느낀다.

'나는 여태 강물과 땅을 둘로 나누어 생각했다. 강물 속에 연어가 살고 땅 위에는 연어의 적인 인간이 산다고 생각했다. 자연과 인간, 그리고 인간과 연어를 구분지어 생각했다. 그건 너무 경솔한 생각이었다. 나를 감고 흐르는 이 시냇물은 높은 산 위에서부터 수천, 수억 개의 물방울이 모여 이루어진 것이다! 이 시냇물이 더 큰 강이 되고 나아가 바다가 되는 것을 나는 왜 모르고 있었던가!'

은빛연어는 그의 눈앞에서 시냇물의 밑바닥이 서로 손을 맞잡고 있는 것을 본다. 땅과 땅이 손을 맞잡고 물 밑에서 하나가 되어 있다.

그는 끊임없이 출렁이는 시퍼런 바다를 생각해본다. 바다는 지구 위의 모든 대륙과 손을 맞잡고 완전한 하나가 되어 있다. 땅은 물을 떠받쳐주고, 물은 땅을 적셔주면서 이 세상을 이루고 있는 것이다.

상류의 여울에서는 연어들이 알을 낳을 준비를 하느라 모처럼 활기를 띠고 있다. 알을 낳을 자리를 잡느라 이쪽저쪽으로 분주하게 오가는 연어들, 자갈이 깔린 강바닥을 파는 연어들, 그 둘레를 빙빙 돌며 지키고 서 있는 연어들…… 물속은 마치 공사장 같다. 알을 낳는다는 것은 사실 일생에 단 한 번뿐인 중요한 공사다.

눈맑은연어도 알을 낳을 준비를 하고 있다. 그녀는 여울 바닥을 꼬리지느러미로 파 들어가기 시작한다. 날카로운 돌멩이의 모서리에 지느러미가 찢어지는 줄도 모르고 그녀는 산란터 만들기에 열중하고 있다. 꼬리지느

러미에 힘이 다하면 배지느러미로, 배지느러미에 힘이
빠지면 주둥이로 땅바닥을 파 들어간다.

"내가 좀 도와줄까?"

"아니야. 너는 가까이 오지 않아도 돼."

"좀 도와주고 싶어."

이렇게 말은 했지만, 은빛연어도 온몸이 노곤해지는
건 마찬가지다. 그들은 너무 오랜 시간에 걸쳐 이곳까지
왔던 것이다.

"이제 조금만 파면 돼."

눈맑은연어의 주둥이가 해진 헝겊처럼 닳아가고 있
다. 그녀는 피곤한지 한숨을 길게 내쉰다. 그녀는 하던
일을 잠시 멈추고 은빛연어를 바라본다.

"은빛연어야."

그녀의 그 맑던 눈에도 지나간 시간의 흔적이 역력하
다. 그것은 세월이라는 긴 터널을 통과한 연어의 초상이
었다.

"너는 삶의 이유를 찾아냈니?"

은빛연어는 갑자기 부끄러워진다. 그는 알을 낳는 일

보다 더 소중한 삶의 이유가 있을 것이라고 여겨왔다. 그런데 그가 찾으려고 헤맸던 삶의 의미는 어디에도 없었다. 그는 다른 연어들처럼 강을 거슬러오르면서 강하고 이야기를 나누었고, 폭포를 뛰어넘었고, 이제 상류의 끝에 다다랐을 뿐이다.

"삶의 특별한 의미는 결코 멀리 있지 않다는 것을 알았을 뿐이야."

"너는 어디엔가 희망이 있을 거라고 했잖아?"

"희망이란 것도 멀리 있지 않다는 것을 깨달았어."

"그럼, 결국 희망을 찾지 못했다는 말이니?"

은빛연어는 이제껏 볼 수 없었던 아주 편안한 표정으로 말했다.

"그래, 나는 희망을 찾지 못했어. 하지만 후회하지는 않을 거야. 한 오라기의 희망도 마음속에 품지 않고 사는 연어들에 비하면 나는 행복한 연어였다는 생각이 들어. 나는 지금도 이 세상 어딘가에 희망이 있을 거라고 믿어. 우리가 그것을 포기하지 않는다면 말이야. 나와 같은 생각을 가진 연어들이 많았으면 좋겠어."

눈맑은연어는 은빛연어가 그동안 어느 먼 곳을 여행하다가 이제 막 고향으로 돌아온 연어라는 생각이 들었다. 그는 구름과 무지개를 잡으러 떠났다가 이제 한 마리 연어가 되어 돌아온 것이다.

눈맑은연어는 그의 마음의 방황을 탓하고 싶지는 않았다. 눈곱만한 희망도 호기심도 없이 살아가는 연어들에 비하면, 은빛연어는 훨씬 아름다운 연어다. 은빛연어가 왜 강물 밖을 자꾸 보고 싶어했는지, 왜 마음의 눈으로 이 세상을 보고자 했는지, 그녀는 알고 있는 것이다.

눈맑은연어는 산란터를 다 만들고 나서,

"은빛연어야, 이제 알을 낳을 때가 되었어."

하고 말했다.

그녀는 지쳐 보였지만, 얼굴에 생기를 잃지 않으려고 애를 쓰고 있는 것 같다.

"은빛연어야, 이리 가까이 와."

그녀는 말의 첫머리마다 은빛연어의 이름을 붙이면서 말했다. 그 이름을 부를 시간이 이제 얼마 남지 않았다는 것을 그녀는 알고 있는 것일까? 은빛연어는 눈맑은연어와 나란히 산란터 위에 몸을 멈춘다. 지느러미를 하나

도 움직이지 않고 그대로 멈춰 서 있기란 쉬운 일이 아
니다. 모든 시간이 정지된 듯 주변이 고요하다.

"은빛연어야."

은빛연어는 아무 말도 할 수가 없다. 연어가 알을 낳
는다는 것은 기나긴 생을 마감한다는 뜻이다. 은빛연어
는 밀려오는 두려운 생각 때문에 몸이 바들바들 떨리는
것을 느낀다. 그는 죽음이 두려운 게 아니다. 죽음보다
더 두려운 것은 눈맑은연어와의 사랑이 끝난다는 사실
이다. 그것은 또한 초록강과의 완전한 이별을 뜻하는 것
이기도 하다.

"눈맑은연어야, 우리가 사라진 후에도 강물은 흐르겠
지?"

"아마 그럴 거야…… 계속 흐를 거야."

"강물이 우리를 기억할까?"

"나는 강물을 믿어."

"그게 무슨 말이니?"

"강물을 믿지 못하는 연어는 강으로 돌아올 수도 없거
든. 아마 우리의 알들도 강물을 믿을 거야."

눈맑은연어가 침착하게 말했다. 하지만 은빛연어는 마음 한편에서 물결처럼 철썩이는 불안감을 숨길 수가 없다.

"우리가 사라지면 강이 우리의 알들을 지켜줄까?"

"연어는 알을 지킬 필요가 없지만, 우리의 죽음이 새끼들을 키울 거야. 틀림없이 강이 알들을 지켜줄 거라고 믿어."

은빛연어는 눈앞이 캄캄해진다. 삶이라는 것을 돌이킬 수 있다면, 다시 처음부터 한번 시작해보고 싶었다. 만약에 그렇게만 될 수 있다면 눈맑은연어에게 더 아름다운 추억을 만들어줄 수 있을 것이었다. 부끄러운 삶의 시곗바늘을 뒤로 돌릴 수만 있다면……

"새끼들이 알에서 깨어나면 우리를 까맣게 잊어버리겠지?"

"하지만 잊어야만 훨씬 더 행복한 기억을 갖게 될지도 몰라. 그게 연어의 삶이거든."

눈맑은연어는 그 말을 마치자마자 입을 커다랗게 벌린다.

그러자 눈맑은연어의 배에서 수많은 알들이 쏟아져나온다. 그 알들은 눈맑은연어의 몸 빛깔을 닮은 눈부신 앵둣빛이다. 강바닥 산란터의 자갈 사이로 앵둣빛 알들이 가라앉고 있었다.

이제 은빛연어의 차례다. 은빛연어의 배에서 흘러나온 하얀 액체가 앵둣빛 알들을 하나하나 적시기 시작한다.

은빛연어와 눈맑은연어는 입을 딱 벌린 채 나란히 서서 한참을 그대로 움직이지 않고 있었다. 그것은 은빛연어와 눈맑은연어가 이루어낸 이 세상에서 처음이자 마지막인 풍경이었다. 또한 그것은 이 세상에서 가장 장엄하고, 가장 슬픈 풍경이기도 하였다.

이 한 장의 풍경을 만들기 위해 그들은 사 년 전 연약한 어린 연어의 몸으로 상류에서 폭포를 뛰어내렸다. 이 한 장의 풍경을 만들기 위해 그들은 바다라는 커다란 세상 속으로 거침없이 헤엄쳐 갔다. 이 한 장의 풍경을 만들기 위해 그들은 북태평양 베링해의 거친 파도를 이겨냈다. 이 한 장의 풍경을 만들기 위해 그들은 죽음을 무릅쓰고 초록강을 찾아 돌아왔다. 바로 이 한 장의 풍경을 만들기 위해 그들은 수많은 죽음을 뛰어넘었고, 이제 그들 스스로 거룩한 죽음의 풍경을 만들어내고 있는 것이다.

산란을 마치면 그들은 비로소 영혼이 없는 몸이 되어 물위로 떠오를 것이다. 삶의 모든 에너지를 세상 속에 다시 돌려주고 그들은 하얗게 변한 가벼운 육체로 떠오를 것이다.

은빛연어와 눈맑은연어.

그들은 눈을 감기 전에 서로를 마지막으로 바라보면서 이렇게 말할지도 모른다.

"저 알들 속에 맑은 눈이 들어 있을 거야."

"그 눈들은 벌써부터 북태평양 물속을 훤히 들여다보고 있을지도 몰라."

라고.

그리고.

초록강에는 겨울이 올 것이다.

겨울이 오면 강은 강물이 얼지 않도록 얼음장으로 만든 이불을 덮을 것이다. 강은 그 이불을 겨우내 걷지 않고 연어 알을 제 가슴속에다 키울 것이다. 가끔 초록강의 푸른 얼음장을 보고 누군가 지나가다가 돌을 던지기도 할 것이고, 그때마다 강은 쩡쩡 소리 내어 울 것이다.

봄이 올 때까지는 조심하라고, 가슴 깊은 곳에서 어린 연어가 자라고 있다고.

연어, 라는 말 속에는 강물 냄새가 난다.

이렇게 시작한 이야기는 여기서 끝난다.

내 짧은 연어 이야기는 끝나지만, 은빛연어와 눈맑은
연어의 여행은 여전히 계속되고 있다. 강물이 흐르는
한, 강물이 연어들에게 거슬러오르는 일이 중요하다는
것을 가르치는 한, 연어떼는 강을 타고 돌아올 것이기
때문이다. 아마 그중에는 은빛연어를 기억하는 연어들
이 있을지도 모른다. 그들이 잔잔한 여울에서 헤엄칠
때, 그들을 보지 않고도, 지느러미가 물살 헤치는 소리만 듣고도, 은빛연어가 돌아왔다는 것을 아는 마음의 눈을 갖고 싶다.

그렇게 될 때까지 나는 자꾸 되뇌어보는 것이다.

연어, 라는 말 속에는 강물 냄새가 난다.

안도현

1981년 매일신문 신춘문예에 시가 당선되어 작품활동을 시작했다. 『서울로 가는 전봉준』『외롭고 높고 쓸쓸한』『그리운 여우』『바닷가 우체국』『쓸데없이 눈부신 게 세상에는 있어요』 등 여러 권의 시집을 펴냈다.

휘리

이름 휘리는 '아름다울 휘暉, 잉어 리鯉'로 어머니의 잉어 태몽에서 비롯됐다. 살아 있는 것의 힘과 빛깔을 그림으로 표현하는 것에 관심이 많다. 그림책 『허락 없는 외출』『곁에 있어』『잊었던 용기』『천천히 부는 바람』 등을 펴냈다.

문학동네 어른을 위한 동화

연어

ⓒ 안도현 휘리 2026

1판 1쇄		1996년 3월 2일
1판 162쇄		2025년 10월 20일
2판 1쇄		2026년 3월 23일

지은이 안도현

그린이 휘리

책임편집 정은진

디자인 최정윤 | **저작권** 박지영 주은수 형소진 오서영 조경은

마케팅 정민호 서지화 박치우 한민아 왕지경 이민경 정유진 김예진 김혜원 정경주 이서진

브랜딩 함유지 이송이 박민재 김하연 신은서 이준희 조다현

미디어콘텐츠 함근아 김은솔 박다솔 | **제작** 강신은 김동욱 이순호 | **제작처** 한영문화사

펴낸곳 (주)문학동네 | **펴낸이** 김소영

출판등록 1993년 10월 22일 제2003-000045호

주소 10881 경기도 파주시 회동길 210

전자우편 editor@munhak.com | 대표전화 031) 955-8888 | 팩스 031) 955-8855

문학동네카페 http://cafe.naver.com/mhdn | 인스타그램 @munhakdongne

트위터 @munhakdongne | 북클럽문학동네 http://bookclubmunhak.com

ISBN 979-11-416-1576-5 03810

www.munhak.com